ゴエティア・ショック
電脳探偵アリシアと墨絵の悪夢
下

著：読図健人
イラスト：大熊猫介

JN103162

GCN文庫

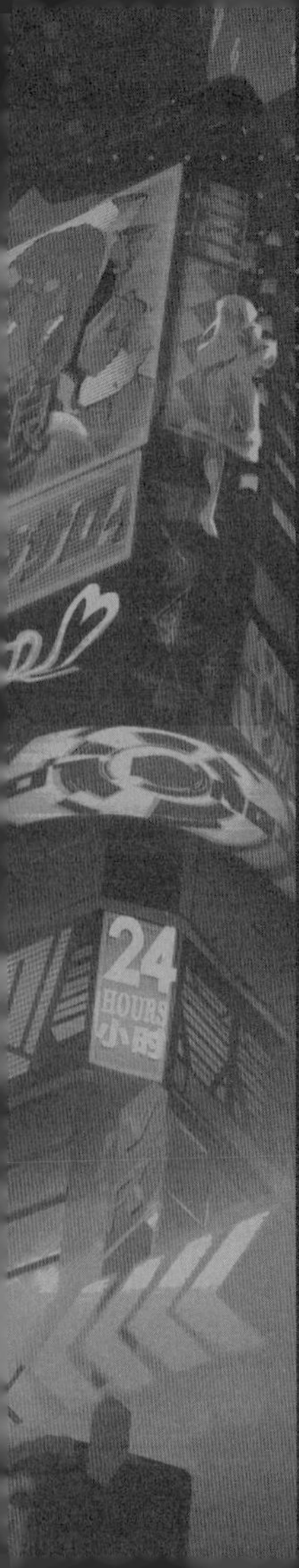

目次

CONTENTS

chapter6:

快楽の自動玩具——ラブドール・オートマタ

呪術衝撃

GOETIA SHOCK

Goetia Shock !
Cyberdetective Alicia Arkwright
and
ink-painted nightmare

――六年前。

ある娼婦が遺体で発見された。

担当した取締官の見解では痴情のもつれと言う他なく、実際、その点については疑いようもない事実であろう。

加害者の男については、後日、被害者遺族から依頼を受けた事件屋《ランナー》によって拘束され、現在はネオスガモ重犯罪刑務所に収監中。同様の殺人事件を繰り返していたために、釈放の見込みはないとされている。状態を鑑み、電脳制御による懲役への従事にも疑問が出る。

特記事項としては一点。

被害者の身体には重度の生体改造（注：事件性は確認できず）が施されており、そればかりではなく、驚くべきことに病院に搬送された際の彼女は、自分の本当の名前も――その家族すらも忘却していたという点だろう。

数か月前にその家族の手により捜索依頼が届け出されていたこと、司法解剖により確認された補助電脳《ニューロギア》のシリアルナンバーによって故人の身元が特定された。

被害者はどうやら「記憶の書き換え」を常習的に実行していたらしく、店舗への登録情報として査証されていた経歴と当人の記憶の中に矛盾は存在していなかった。

本事件を受け、記憶領域に対する干渉は当人の同意の下であっても、企業共同統治都市なら企業連下の特定指定機関、企業単独統治都市においては企業行政認可の機関への届出が必須となり、正当な理由なく記憶領域への干渉を可能とする設備を有することや技術を開発することは、所持だけで十年以下の指定懲役労働または十万新《ネオ》ドル（共通通貨・時価）相当の補償懲役労働が科されることとなった。

なお、後の調べでは、被害者は快楽失墜症候群《パラダイス・ロスト》を発症していた可能性が高いとされる。

被害者の第一子は義務教育最終年齢かつカルーセル私学園への入学を控えているため、報道には十分な規制を行い、その将来に配慮した継続的なカウンセリング受講を呼びかけるように指導を行うものとする。

◇　◆　◇　Goetia　Shock　◇　◆　◇

虫の羽音のような甲高い振動音が上がる。

服を脱ぎ捨てた浅黒い男の腰が動くにつれて、剥き出しの長く黒いペニスがその真っ白な太腿の間を擦《こす》るにつれて、桃色の貝唇の頂点で起立した蕾《つぼみ》に被さった透明のカバーが押し付けられるにつれて、ぐちゅぐちゅっ♡と水音が鳴っていた。

段々と粘り気が強くなってくるその音に次いで、子供のような細い腰が何度も震える。

彼女は叫んでいた。何度も何度も、尾のようなその金髪を振り乱して叫んでいた。

「やめてっ、もうやっ、やめてっ、やだぁっ、やめぇっ、やめっ――――ひっっっ♡♡」

青い目が見開かれる。背筋が震えて、爪先がピン――と伸びた。涙が散って涎《よだれ》が舞う。

荒い吐息。

柔らかな白色の肌と凹凸ある浅黒色の肌が、遮るものなしに擦れ合っている。

アリシアのちっちゃな生まれたての身体を、一糸まとわぬ筋肉質のジェイスの身体が背後から覆いかぶさるように抱え込み、汗と汗で湿った肌が隙間なく密着する。息を荒らげるアリシアの真っ白な肌は完全に上気して、滝のような汗を流して朱色に染まっていた。

その首筋を、うなじを、ジェイスの赤い舌が這った。蛇のように――蛞蝓《なめくじ》のように。

それだけで背中がびくびくと震える。今のアリシアには、そんな刺激だけで十分すぎた。

そして何より、つまりそれ以上が止められておらず、過剰すぎた――――。

「ひぃぃぃぃぃっ♡　やめてっ、いまやだっ♡　今やめてっ♡　やめっ、あっ、んっ、んん

〜〜〜〜〜〜〜〜〜〜〜〜〜っっっ♡」


涙目になったアリシアの青い目の懇願を、一切受け入れない容赦のないえっちな責め苦。

その生意気な弾力を持つ白磁めいた乳房の中心には、桜色が色濃く充血していく可愛らしい乳輪の中心には、これまた可愛らしいタコさんウィンナーの如き器具がちょこんと鎮座して――しごいて擦って震えて、そのコードを赤髪の青年の手元まで伸ばしている。

背筋を反らされて弓なりに仰け反ったアリシアの滑らかなお臍《へそ》の下には、鳥もちのように粘着頭を持つ器具が張り付いて離れない。青髪の男は、楽しそうにそのダイヤルを回している。

ジェイスの浅黒く金の指輪を嵌めた雄の指は、背後からアリシアの乳房を鷲掴《わしづか》みにした。脇の下から乳房の下端に張り付いたラップの如きシートが、あたかも窓ガラスに乳を押し付けて性交するように肌の色を強め、それを張り付けた黄色髪の男は新しい玩具を吟味していた。

ニプル性感。

ポルチオ体外性感。

スペンス乳腺性感。

それらが、絶え間なくアリシアに与えられ続けた。どれがどれなのか分からない。いや、混ざり合って刺激されることで無理矢理に花開かされるのだ。今のアリシアは、その全身のどこをとっても男から与えられる快楽に嘶《いなな》く楽器だった。そのたびに背筋を反らして、頤《おとがい》を上げて悲鳴を上げる。初めは気丈にも唇を噛み締めて甲高い鼻声を漏らすことで耐えようとしていたが、それも今は昔だ。もう、その喉から涎と共に絶頂の声がまろびでる。

そして何よりも忘れてはならないのが——愛液にべたべたに湿った太腿のその上の少女領域。透明カバーが毎秒震えながらその肉核を吸い上げ——最も敏感なクリトリス性感に与えられる窒息しそうなほどの激しい快感が、アリシアの他の性感帯を実用可能な領域に引き上げたのだ。

さらに——その粘液に光沢を帯びた秘所には、熱く勃起した凶悪な黒色のジェイスのペニスが触れ合っていた。灼熱のような男根の存在感を、太腿を通じて、絶頂に朦朧とするアリシアの心に留め続けるのだ。雄のちんぽというものを、その固い強直を、絶頂と共にパブロフの犬のように覚え込ませる。

今のアリシアは、男性器の固さを感じるだけでどの性感帯も励起されるほどに雄好みに育てられていた。

「なー、ジェイスーそろそろ代わってくれよー。おれもロリ巨乳キツマンちんぽケース探偵でちんぽ弄りてーよー」

「てめえ、これやったら射精《だ》すだろ。無駄撃ちなしの精液便所にしねえと、コイツへの罰になんねえよ。ちんぽイラつかせといてセックス未経験なんて、とんでもねえ罪人だ」

赤髪の青年の声にジェイスが鼻を鳴らした。その最中もアリシアは「あっ、あっ、あっ、あっ、あっ♡」とびくびくと肩を揺らしていた。

とはいえ――些《いささ》か退屈になってきたというのも、ジェイスの本音だった。

ガキのように情けなく泣き叫んでいるアリシアを見るのは楽しいが、どこか反応がワンパターンになっていた。それでは、この先を想えば面白くない。

そして、何かを思い付いたような笑みと共に、ジェイスは己のペニスに手をやり――

「へっ、動くんじゃねえぞ」

ちゅくっ♡と。

それは然るべき場所に、セットされた。

「――――へ、ぇっ」

呆然と蕩《とろ》けていたアリシアの青い瞳に意思が戻る。

その音と感触に頭が真っ白になり、背筋が凍る。身体をどこまでもせり上がって満たされていた甘い痺れが、瞬く間に冷やされた。

まさか――

「やっ、やめてっ、やめ――」

「動くなっつってんだろ。マジで処女喪失するか？　あ？」

「～～～～～っ♡♡♡」

にゅぷっ♡ちゅぷっ♡と股間が音を立てる。

男の亀頭がアリシアの膣口に飲み込まれていた。幾度も幾度も、軽いキスを啄《ついば》むように。柔らかく大きな薄桃色のヒダを掻き分けて、その奥のプリプリと新鮮で生意気なヒダに満ち溢れた中に侵入を始める。

「～～～～～～～～～～～っ♡♡♡」

ゾクゾクゾクゾクっ♡と、どうにもならない甘い痺れがアリシアの背筋を強烈に這い上がっていく。

いや、這い上がるなどという生易しいものではない。完全に溶かされている。蕩かされている。骨抜きにされている。

大事な入口をぬりゅ♡と擦って、にゅぷぷっ♡と広げて、頭一つ分だけの大人の体験がアリシアの女の子の中心を甘くイジメていた。

そのゾワゾワとゾクゾクが腰の骨と背骨の間に満ちて、痺れて、広げられて――無理矢理に骨のその根の、その隙間を広げているかのようにアリシアから踏ん張る力を奪う。

ぷちゅ♡、ぷちゅ♡と男の膨らんだ亀頭がヒダを掻き分けるたびに肉蜜があぶくを立てて弾ける。とろとろの粘液が、剥き出しの肌に滴っていく。

そのまま、リズムよく――ぬぽぬぽ♡ちゅっちゅ♡が始まった。

「んっ、んっ、んっ♡　んっ、やっ、やめっ♡　やめなっ……あっ、やっ、あっ、あっあっあっ♡　イ――っ、や、あっ♡」

　危機感に取り戻された正気によって睨みつけようと青い眼差しを強めたアリシアだったが、その窄《すぼ》まりつつも綻んでしまった女の子の入口を亀頭が前後するたびに、どうしようもなく口から悲鳴が漏れてしまう。

　悲鳴、などというのは誤りだろう。

　甘さと切なさを帯びたそれは、彼女以外の誰もがとっくのように――いや、涙目を浮かべた彼女自身でさえ自覚しているかもしれない。

　気持ちいい。だからこそ、認められない。

「ひっ、あっ、ひにゃ♡　やっ、やぁっ、ひっ♡　やめっ、やめなさっ……いっ、ひぃっ♡♡♡」

　誰がそれを抗議の声と思うだろう。鈴を転がす若猫のような声は湿った吐息混じりに、甘い痺れのままに震えている。

　それでもアリシアは、まだ涙ながらに背後を睨みつけようとし――

「ん？　速さがもの足りねえってか？　へっ、じゃあもっとしてやるよ！」

「ちっ、違――ひぃぃぃ!?♡　いっ、あ……あっ、ひっ、イ～～～～～～～～～っっっ♡♡♡」

　ぐりぐり♡　ぬちゅぬちゅ♡　むりゅ♡　ぬちゅ♡　ぬぽっ♡　ぬぽっ♡　ぬぽっ♡

薄桃色の穴に咥《くわ》えられる赤黒い亀頭の動きが加速した。

そんな淫靡《いんび》で間抜けな肉と肉の擦れ合う音、咥え込む音、行き来する音。

それが背筋を伝ってアリシアの脳を犯す。

ちっちゃな桜色のメス穴はみるみるうちに潤って、出し入れされる亀頭のその縁はぬらぬらと輝いていた。

「やめっ♡　あうっ、何してるのよぉ♡　ひぃぃぃっ♡　やめなっ、やめっ、やっ、あっ、あっあっあっあっ♡♡　あ、ゔうぅぅぅぅぅぅぅぅ〜〜〜〜〜〜〜っっっ♡♡♡♡」

きゅううぅっ♡と内股に力が入る。

穴が窄まって、それが逆に男の亀頭との密着を強くして――快感を何倍にも何倍にも広げてアリシアのお腹の奥を痺れさせた。

出て、入る。入って、出る。

性行為と呼ぶにはささやかすぎる一個分の前後でも、アリシアの初心《うぶ》な雌穴は、その真っ赤に充血したヒダヒダを刺激されてきゅうきゅう♡とお腹の奥を竦めさせた。

せっくす。

えっち。

おちんちん。

躾《しつ》けられている。覚えさせられている。

こんな、軽いキスを繰り返すみたいな動きで。ホントの本番には全然遠い、それでも男のヒトのモノをぬぽぬぽと、大事なあそこに頬張らせられるような動きで。

たったそれだけで、これから何が起こるのか、女がどうすべきなのかを教えられている。躾けられている。こんなやつに。さいてー男に。

(さ……先っちょだけでこれならっ♡　あたしっ、あたし――――♡)

この淫猥の初めに、ジェイスが言った言葉。

予習、というその通りに。

未来予知のように、知れてしまう。もしこのまま根本まで、大事なお肉の奥の奥まで男が入ってしまったそのときにアリシア・アークライトがどうなるか。

勝てない。逆らえない。負けてしまう。

やっつけられてしまう。おちんちん一つに抗えず、内側からどうしようもなく女の子にされてしまう。えっちですけべな、男を喜ばせる女の子にされてしまう。

こんな卑劣で下劣で最低のクズ男なんかに。くやしくて仕方ないのに。

今のこれだけでもさいてーで最悪なのに。

(おかしっ♡　おかしいっ♡　こんなの――こんにゃの、おかしいっ♡♡♡)

しかしいくらイヤイヤと首を振っても、他でもないアリシアの中のヒダヒダが――今なお与えられる刺激に叫んでいた。震えていた。

もっと欲しいと――足りないと。届いてないいと。満ちてないいと。ちんぽくださいいと。そのまま挿入されるのを待ち望んで、アリシアの中のえっちなヒダヒダは、ぷりっぷりに赤く充血していた。軽い動きの分だけ、その切なさが強くなる。どんどんと、高められる。

「おい、なあ、オレたちはさいてー男なんだよなあ！　そう言ったよなあ、てめえは！」

「こっ、っっっ、こんなっ、ことして……さいっ、てー、以外のっ……なんなのよぉっ♡♡」

まだ、青い目を尖らせて背後を睨み付ける。

折れかけた――蕩け崩れかけた心を立たせて、アリシアは涙目ながらに睨み付けた。

それに、ジェイスが満足げに頬を吊り上げ――

「んじゃ――そのさいてー男に真っ裸見られて何度もイカされてるてめえはなんだッ！」

「ひ、に、ぅぅぅぅぅぅぅぅ～～～～～～～～～～～～～～～～っっっ♡♡♡」

ばちゅばちゅと、ジェイスの腰が加速する。アリシアのおまんこに、最低おちんちんを食べさせるべく加速する。

「止まっ、止まりなさいよぉっ♡　止まってっ♡　止まってぇ♡　だめっ♡　やっ、もっ、やにゃあっ、止まれぇっ♡　止まってぇぇぇ♡♡♡　止まっ――やっ、ひっ、いいっ♡　あっ、やっ、やあっ♡　おねがいっ♡　おねがいしますっ♡　あやまりますっ♡　ごめっ、おちんちんにごめんなさいしますっ♡　もっ、あっ、やっ、やだぁっ、やだぁ！♡♡」

亀頭一つ分のセックス。

処女性交。

バージン続行レイプ。

処女膜を破らないように――それでもヒクヒクっ♡きゅんきゅんっ♡と窄まる肉口を、男性器に擦られて擦られて擦られる。

ぽたぽたと、床に汁が溢れる。

「あっ♡　んっ、んぅっ♡　ごめにゃっ、ごめにゃさいっ♡　ちんちんいらいらっ♡　ごめんなさいぃぃぃいっ♡　いらいらさせてっ、ごめんなさいっ♡　だからっ、もっ、ゆるし――ああっ、やっ、イヤっ♡　あっ、やっ♡　んっ、あっ、あっあっ♡」

涙と汗と涎が入り混じってぐちゃぐちゃになり、アリシアの表情は再び蕩かされていた。

喉を漏れ出る声が止められない。ぬぽぬぽ♡と穴を広げられるそれだけで、えっちなえっちな弱音が出てしまう。ちんぽにイジメられてしまう。

このままでは駄目だ。このままではさいてーのことになる。頭をブンブンと振って、背骨に込み上げてくるものから逃れようと――頭をなんとか冷やそうとする。

だが――

「そろそろイっとけ。ナカイキだ……初心者向けだがな。ははっ、いや、こんなんでイくなんて逆に上級者かもな。オレに言ってたプロ意識ってのは、娼婦としてのプロ意識か？」

「だ、誰が――――」

「うるせえ！　おら、逃さねえぞ。散々ちんぽとオレをイラつかせやがって……頭振って誤魔化せるなんて思うんじゃねえっ！　おらっ！」

「やっ、」

ぐしゃりと、男の浅黒い手のひらがアリシアの美しい金髪の二つ括《くく》りを掴む。手綱のように、乱暴に掴み止める。

頭を振れない。冷やせない。

逃げられない。

もう、駄目だ。

そして、もう一度アリシアの濃いピンクのお肉の中に、男の人の茶色のモノが割り込んできて――ちゅぷっ♡と。

えっちなえっちなキスだった。

男の子の鈴の口が、オンナノコの口にするえっちなキスだった。それだけで、

「ひっ、イっ、ぃ～～～～～～～～～～～っっっ♡♡♡」

決定打が、与えられた。

きゅううううぅぅぅぅ♡と入口が強烈に窄まる。ピンと足が伸びて、ガクガクと腰が震える。

手錠の鎖がガシャガシャと音を立てた。

今までの人生での一人遊びがあんまりにも初心者マークの刺激のような、甘く切ない刺激が喉をこみ上げて——だが、まだ止まらない。

男は、それで、許してくれなかった。

ちっちゃなアリシアの大事な大事な穴に野太い亀頭を痛いほど締め付けられながらも、ぬちゅっ♡とその亀頭が動き出し、そして、

「やめっ♡　しょれやめっ♡　やめへっ♡　やりゃっ♡　動かにゃいでっ♡　やりゃっ♡　今やめっ、やりゃっ、やめへっ♡　ゆるひてっ♡　やめっ、やっ、あ——」

冷めないのに。

今終わってないのに。

ビクビクしてるのに。ゾクゾクしてるのに。きゅうきゅうしてるのに。

「ひにゃっ♡　やめっ♡　やめにゃ♡　やめにゃさ、いっ、あっ、ひっ————イっ、いいぃいぃい〜〜〜〜〜〜〜〜っ♡♡♡」

亀頭レイプ膣口えっちが、収まってくれない。

ぬぽぬぽっ♡ぬぽぬぽっ♡と、止まってくれない。

アリシアのおまんこを、許してくれない。

おちんちん裁判官が、おまんこ探偵を許してくれない。

腰がガクガクガクガク震えた。ビクビク背中を反って、ぶるぶるおっぱいを揺らした。

そして、

「やっ♡　あにゃっ♡　ひにゃっ♡　ひ……っ♡　いっ♡　あっ、あっ、あっ、あっ、あっ……ん～～～～～～～～～～～～～～～～～～っっっ♡♡♡」

何度も何度も、ぷしゅっ♡ぷしゅっ♡と音がする。

ぱたたっ♡と液体が飛び、ぽたぽたっ♡と汚い床に垂れる。とろぉっ♡と太腿をヌメついた粘液が伝わり、足の付け根はどうしようもないぐらいに光沢を得ていた。

最早誰の目にも明らかに、言い逃れも叶わないくらいに、アリシア・アークライトの中のオンナノコは花開かされてしまっていた。おちんちんの味を一口知っていた。

こんな、恥ずべき下衆《げす》たちに。

そしてそれは――――まだ終わらないのだ。

「っ、――っ!?♡　っ、ん、ふ、やぁ……やめっ、これいじょっ、むりっ♡　あっ、あああっ、あっ、やっ、あああぁ～～～～～～～っっっ!?♡♡♡」

収まってくれない。何度も擦られて、何度も何度も出し入れされる。

こみ上げてくる。

ゾクゾクっ♡ゾクゾクっ♡と。

最早、喉を張り裂けさせるような辛さになるほどの灼熱の痺れを伴った悲鳴を尻目に、ちんぽの前後は何一つ容赦なく繰り返され——部屋中にアリシアの嬌声は響き渡り続けた。

「わかったっ♡　わかったからぁっ♡　んにゃっ、ひっ、かてにゃいって♡　もっ、かてにゃいってっ♡　わかったのっ、んひっ、わかりましたぁぁぁあっっっ♡」

何度も何度も。

何度でも、何度でも。

「やめてぇえっ♡　ゆるしてぇっ♡　えっちゆるしてぇっ♡　もうっ、これっ、やめてぇえっ♡　やらっ、やっ、あっ、ひっ、ぃぃぃい〜〜〜〜〜っっっ♡♡♡」

アリシア・アークライトは、自分が雌であることを思い知らされたのだ。

「んうぅうぅぅっ♡♡　んひぅ、あなっ、あにゃっ、あにゃいりゃないっ♡　もっ、おんにゃのこのあなっ、いらにゃいっ♡　こんにゃのいりゃにゃいぃぃい♡　ずるいっ、ずるいぃぃぃぃい〜〜〜〜〜〜っっっ♡」

存分に。

爪先から唇まで。

完膚なきまでに。最低の下衆たちに。

お腹の奥から、頭の中まで。

自分が女の子に生まれてしまったということを、引き摺り出されてしまっていた。

責め苦を解放されたのは、一体、何回目だったろう。

「————ぁ、あ……ひっ、イ————……あっ、あひっ、あ……————……♡♡」

何十回と出し入れされたと思うし、ひょっとしたら何百回だったかもしれない。感じさせられたのは、それよりもっともっと多かったかもしれない。

ぐったりと手錠に吊り下げられるままに、額の汗に金色の前髪を貼り付けさせたアリシアはボンヤリと床を眺めた。

よりにもよって、こんな、最低の男たちに。

裸を見られて、達する顔を余すところなく目撃されて、大事な穴の入口を何度も何度も躾けられて、ぬぽぬぽ♡ぬぽぬぽ♡と好き勝手にイジメられた。

おっぱいも、お尻も、あそこも、大事なところも全部見られた。

それでも、

（ぁ————、あた、し————……?）

今はただ恍惚と、お股の真ん中を伝わるその解放感に呑まれて、ビクビクと背筋を震わせることしかできなかった。

女の子に、なってしまったのだ。

探偵をしている、その時に。

「ったく、これでブチ込めねえってのは逆に毒だぜ。……なあ、もうブチ込んじゃ駄目か？　別にいいんじゃねえのか？　正直いるか、記録？」

　ジェイスの言葉に、残る三人の視線が集中する。

　既に飽き始めていたのか、それともこれからに備えて温存していたのか。テーブルに腰掛けた黄色の髪の男はアリシアが入管で取り上げられた拳銃を――アリシアの口に何度も挿入した後に弄び、青髪の青年はその剥き出しの短小極太ペニスを真空パックのストロベリーフレーバーのフレッシュミルクに何度も浸して味付けをしていた。

　アリシアの乳房の前に立つ赤髪の青年は、溜め息と共に露骨に肩を竦めた。

「自分で言ったんでしょ？　ちゃんと守りなよ。一度しか撮れないし、どうせこの先たっぷりできるんだから我慢だよ我慢」

「ってもよぉ……ったく、カントクの野郎はどこで何してやがる。待たせすぎなんだよ。……あと二分で来なかったら予定変更な？」

「自分だけズルくない？　おれらにはあんなでさぁ……」

「オレが連れて来たんだからいいだろ。このオナホ女には、随分とてこずらされたんだぜ？」

　下衆な笑みを浮かべるジェイスがアリシアの汗まみれの小ぶりな尻をぺちんと叩いた。

「お？」

　そして、彼はふと思いついたように——その浅黒い顔を上げた。

「……なあ。いいこと考えたぜ。どうせ後でこっちもなきゃ穴が足りなくなるよなぁ？　今のうちに覚えさせてやってもいいし、なんならこっちはもう卒業でもいいよなぁ？」

「え？　あ、そうだね。やっちゃおっか。……じゃあ、下準備しとこっか」

　赤髪の青年が、勢いよく乳首に取り付けられたおもちゃを引き抜く。それだけでアリシアの背筋は強張《こわば》り、太腿を液体が濡らした。

「やめっ」

「どっちも卒業するんだ。嬉しいだろ？　さーて、どれを使ってやろうかね」

　ニヤついたジェイスの視線。それに笑い返した男たちが、テーブルの器具を取る。

　うぃんうぃんと、不気味な振動音を立ててオモチャが動く。おちんちんを模したオモチャだ。他には卵がいくつも並んだものとか、全方位に吸盤が張り付いた棒とか、半ゲル状のブラジャーとか……テーブルの上には様々なものが拷問道具のように置かれていた。

　拷問ではない。勉強だ。アリシアに、えっちの勉強をさせるためのオモチャなのだ。アリシアを玩具に変えるためのオモチャなのだ。

　おっぱいも、おしりも、全部女の子にされる。

　逃げ場がないまま、ここで女の子にされる。女の子の部分を全部使われる。

カタカタと、奥歯が鳴る。

そのうちにも、自動で動く器械ちんちんが迫ってくる。アリシアを躾けるために。

赤髪の親指がスイッチを切り替えると、激しく振動した。自動調教オモチャ。あんなの、絶対に無理だ。人と違う動きで、人と違う形で、人が使うのに最高にアリシアを調律するのだ。

これで、終わってしまう。

路地裏で倒れていたママのように、壊されてしまう。

そう思った――――電動？――――瞬間だった。

「――――！」

青い目を見開く。青い仮想量子線《ストレイライン》が――奔る。

電脳魔導師《ニューロマンシー》は、スタンドアロン端末にさえクラックを仕掛けられる。つまり――――

「なんだ!?」

机の上の電動玩具が一斉に音を立てた。そのあまりの異様な光景に、全員の注目がそちらに集まる。

ここしか――なかった。

（痛覚オフ、感覚オフ、筋力制限オフ――――）

爪先立ちから、飛んだ。両手を吊られるままに振り子めいて勢いをつけたアリシアの体が、その鋭い膝が赤髪の青年の顎に真横から突き刺さる。

怒号が飛ぶ。だが、待たない。反動のままに身を捻って、青髪の肩に素足をかけた。そのまま、鼻っ面に膝を一発。鼻血が飛ぶ。てらてらと愛液でぬめった太腿を、男の鮮血が彩った。

その反動で、アリシアの手枷《てかせ》と鎖が外れた。天井から垂れ下がった鎖は、アリシアの手錠をフックで絡める形で吊るしていたのだ。

着地と共に、何一つ留《とど》めるもののない白く大きな乳房が弾んだ。汗が舞う。

「てめえ、ただで帰れると思うんじゃねえ！」

ジェイスが、床に置いた電磁警棒を片手に叫んだ。

距離、二メートル弱。一足で飛び込める距離だ。

アリシアの両手はまだ手錠に繋がれている。

何とか――呼吸を回す。肺の空気をすべて吐き切り、強制的に意識を切り替えた。腰を沈めて、サイバー・アイキの構えをとる。

「てめえは自分がオナホだってことも思い出せねえみてえだな……もう容赦はしねえ。脳みその中がちんぽ汁でいっぱいになるまでハメ倒してやるぜ。薬も使ってぶっ壊してやる！　ただじゃあ済ませねえぞ！」

男の怒声に、体がビクリと震えた。

散々受けた責め苦で、その筋肉質で女とは異なる獣性を秘めた肉体を見るだけで敗北を想わされる。あれだけの狂いそうな快楽という苦痛を紐づけされる。

一息に、飛び込めない。

それを見たジェイスは満足そうに獰猛《どうもう》な笑みを浮かべ——残る一人の男を怒鳴りつけた。

「何してやがる！　このロリータダッチワイフにてめえも思い知らせるんだよ！　全部終わってからちんぽを出すなんて許さねえぞ！　さっさと来い！　二人がかりだ！」

アリシアの口腔へと何度も何度も出し入れした、アリシアから没収した銃をしゃぶっていた男が腰を上げる。

二対一。

勝利を確信したジェイスが、おもむろに一歩を踏み出し——

「そうね。ただで済ませるわけないでしょ。鉛弾をくれてやるわ！」

「何——!?」

同時、響く銃声。アリシアの拳銃を弄んでいた男が、ジェイスの膝を撃ち抜いていた。

仲間の信じられない凶行に、ジェイスの顔が驚愕に包まれる。

その瞬間、アリシアは弾かれたように跳んだ。片膝をついたジェイスに突進しつつ、その肩に手を置きながらあたかもラリアットを極めるが如き動きのままに——その背後に回り込む。

あとは、流れるような早業だった。

背後から首を極《き》め、ジェイスのその胴に真っ白な足を回す。裸体と裸体。浅黒い肌と抜けるように白い肌。それは先ほどの性的行為の続きめいていたが、違うのは二人の態勢だ。今度はアリシアが背後から男を責め立てている。

折り重なって崩れた。のたうつ二つの身体。

どんどんと、ジェイスの顔が赤黒く染まる。バックチョーク。熱烈なセックスに腰へと足を絡めるかの如き強さで、胴を後ろから挟んだアリシアの小柄は揺るがない。

まさしく、文字通りの裸締めだ。

必死にアリシアの腕を掴むジェイスは、未だに混乱の中だった。

何故、自分が撃たれたのか。

何故、助けが入らないのか。

何故――……何故――……。

「こんな状態でも、一人二人ならクラックするのも訳ないのよ。……アンタらは、数を減らした時点で終わりってこと。それじゃあ、寝てなさい。とびっきりの悪夢とセットで」

冷たい青い目線と共に、視界に強烈なノイズが走る。

残る一人と合わせて――……ジェイスの意識は闇に落ちた。

◇
◆
◇

よたよたと……かろうじてスピードローダーと拳銃だけを回収したアリシアのその歩みは、小鹿よりも遅かった。

足を伝った愛液まみれの靴跡を残しながら這うような速さでしか動かないそれは、むしろ、惨めな蛞蝓と呼んだ方が正しいかもしれない。

叫び続けた喉はカラカラになっていたし、体はジンジンと甘ったるい。

石造りを模した壁に体重をかけて、歩く。それはどこか貯水槽から脱出したばかりのクローン人間を思わせる姿だ。ただ――無垢なる新生児と呼ぶには、あまりに性の匂いに穢《けが》れていた。

淫気が湯気として立ち上りそうなアリシアの裸体。

太腿は愛液で汚れ切って、その粘液が銀の筋を作って恥丘から廊下に垂れる。陰唇は何もしなくても痙攣するようにヒクついていて、もしここに増援や援軍がいたのなら、なすすべもなく押し倒された挙句に、遠慮なく突き込まれる男性器へと瞬く間に媚び始めて射精を促すべく律動するだろう。

今のアリシアは、かろうじて歩くだけの愛玩人形だ。

文字通りの、彼らの言葉通りのオナホ少女だ。

男の腕力を前に即座に抵抗を奪われ、その体臭に強制的な発情と興奮を引き出され、あとはお腹の奥の赤ちゃんの部屋をいっぱいに満たしてもらうまで、首を振って嫌がりながらも男性器を締め付け続ける。それだけの状態にされてしまった。

幾度と洟《はな》を啜《すす》り、泣きそうになりながら意地だけで体を動かした。

いや、もう意地なのかも分からなかった。ただ逃げようとしていた。おちんちんから。その敗北から。

出会ってしまったら、せっくす恋人にされてしまう。その恐怖を想像するたびに嬉しそうに口を窄めるお腹の奥の小部屋が余計に怖い。一度足を止めたら、そのまま奴隷にされるまで蹲《うずくま》って待ち続けてしまいそうな自分が怖い。

――快楽失墜症候群《パラダイス・ロスト》。

母のようなその現象が、憎らしい。

そして本当のそれはこんな程度では済まされないのだ――という恐怖と、これ以上ならどんなのだろうという興味が纏《まと》わりついてくる。最悪なのは、それにある程度の遺伝的な相関関係が見られるということだ。つまりアリシアも、母のように、おちんちんが大好きで大好きで堪らなくなってしまう素質があるのだ。だから――怖かった。それがお互いに気持ちを交わし合って結ばれた末の恋人ならいい。好きな人に、いっぱい喜んでもらえる自分になれるかもしれない。だけどそれ以外は、駄目だ。本当は恋人相手ですらも怖いのだ。それ以外の相手としたら、完全に、人としての終わりが訪れる。

よろよろと、唯一の着衣となったブーツで歩を進める。

そんな、何もかもから逃げようとしていた。逃げるために逃げようとしていた。止まった瞬間に訪れる、これまで背負ってきた苦労から何から全部を捨てて逃げ出そうとしてしまう己の意思そのものから逃げるために逃げていた。何もかも怖かった。悪意が。人が。

やがて——

「ええと、その……もしかして、あなたが、探偵さん……？」

通りがかった鉄格子の牢のあちらで。

監獄と言うにはあまりにも物に溢れて、可愛らしい少女性に彩られた小部屋と言うべきそこで、勉強机に向かう黒髪の少女がいた。

綺麗な金色の瞳。

物静かで、控えめな。いつか優しい王子様に巡り合いそうな密《ひそ》やかな美貌。

あの——夢で混ざり合った記憶の中で見た少女。アカネ・アンリエッタ・西郷《さいごう》——記憶のそれより僅かに成長した少女が、その手の本を畳んで立ち上がった。

咄嗟に、アリシアは腰を落とした。心も体も蕩け切っているのに、積み重ねたサイバー・アイキがアリシアにそうさせた。

拳銃を——構えるか否か。大きく鼻から息を吐く。すると、少女は慌ただしく手を振った。

「えっと、その……ち、違うの。その……えっと、あ、あの……そのっ、服……よろしければ服など必要ではありませんか――って。あの、そう、思って……」

銀行強盗にそうされるように、硬直気味に両手を上げた少女がチラチラと花柄のカバーをかけられたベッドを見た。

その枕元に折りたたまれたワイシャツ。

他に――道具はない。あの、狂ったサイバネ義肢も。何もかも。その狂気すらも。

少女の補助電脳《ニューロギア》の駆動電波は、何故かあのサイボーグと一致しない。

一体、何故――……。

自分の脳が、正常に稼働し始めているのを感じた。

あれだけの目に遭って、まだ、探偵を続けようとしていた。

吐息を一つ。目尻を拭う。

「……あなた、身長いくつ？」

口を尖らせ――その自分よりも長身な年下の少女に、アリシアは問いかけた。

chapter7:

電脳探偵――アリシア・アークライト

呪術衝撃

GOETIA SHOCK

Goetia Shock I
Cyberdetective Alicia Arkwright
and
ink-painted nightmare

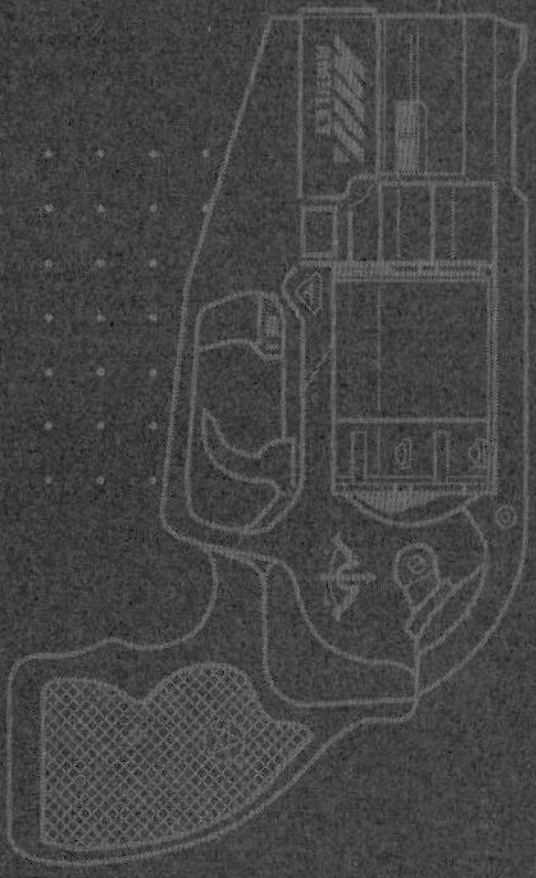

……少なくとも、それは、広く受け入れられたことだった。

腕を畳んで棺に納められたその少年について、目を伏せている姉と母親と父親以外に覗き込む影は物理的にない。電脳的な処理にて彼の葬儀に立ち会う人間はいたが……実際にその場まで足を運ぶ人間はいなかった。

いや、元よりそんなスペースはその一家が息子の棺と向かい合う空間にはなかった。

やがて、一つ二つと――……その一家と電脳上で共有接続した仮想空間から、それを網膜上に反映させた拡張現実《AR》から人影が消えていく。

それを、父親が呆然と眺める。縋《すが》るように手を伸ばす。だがあくまでも電脳処理上にしか存在しないその影を掴み止めることは叶わない。

そして……やがて、最後の立ち会い者の姿も消えた。そうなるのと、同時だった。

【規定に従い、人的資源の循環型資源活動が実施されます。ご遺族の方は、メモリアル・プラントの受取が可能です。お手続き終了後、三番窓口までお越しください】――冷徹な電子音声。

彼らの愛した息子の棺が閉まる。銀色の棺は、そのまま、小型輸送コンテナだった。

フリーズドライ処理。そして、破砕。再利用。彼らの息子は、資源としてまた循環の輪に戻るのだ。――規定。個人に課せられた炭素資源生産義務。死体に課せられた義務。

それは、これまでの消費に応じただけの生産が求められる義務だ。つまりは肥料となって、そのような植物等の生育資源にならなければならない。

膨大な違約金と引き換えに火葬や土葬を行うこともできたが……そんなものを選べるのは、一握りの人間だけだ。

だから、それは、諦めと共に広く受け入れられている。

土から生まれた人は死して、土に還る。そんな聖句のように。

どこにでも、起こるのだ。例えば――検体となり標本となったアリシア・アークライトの母親のような例外はあるにせよ。

カレン・アーミテージの祖母のように。

或いは、アカネ・アンリエッタ・西郷の母のように。

◇　◆　◇　Goetia　Shock　◇　◆　◇

きゅっと、上から纏ったワイシャツの腰のあたりにリボンを巻きつける。

そうしていると古代ギリシアやローマに見られるような、一種の古典的な貫頭衣にも見えるだろうか。

すぐに、白い繊維が汗で体に張り付いた。本来なら拭いたかったが、それだけの時間はない。

軽く腕を曲げ伸ばししたアリシアは、バトルワンピースを伴わなかったことを後悔した。しかし手枷の鎖と繊維が絡んでしまって、外すのにも時間がかかり……何よりあれ以上、あの空間に居たくはなかったのだ。あの狂いだしそうなほどの快楽の責め苦は、屈辱と恥辱を通り越したトラウマ的な恐怖としてアリシアの背筋に刻まれてしまっていた。

なんにせよ——胸のあたりが若干窮屈なことを除けば、そう、悪くはない。少なくとも足の付け根のあたりに向けられる視線は遮れる。彼シャツじみた姿と呼ぶには、アカネ・アンリエッタの体躯《たいく》ではそこまでダボつくこともなかった。勿論、腕の部分は何度か折り返したが。

その上で——改めてアリシアの青い瞳が、黒髪の細身の少女を捉えた。

「え、ええと……その……わたしと父様のことを調べられてる方がいるって、その、聞いてしまって……それで、あの……」

「……そう。誰から？　髪は赤い？　黄色？　青？　それとも黒？」

「え、えと……あの方は……ええと、あの方は――……」

「……まあいいわ。上着、助かったから。その……ありがと」

どうも要領を得ないと、会話を打ち切ったアリシアは口を噤《つぐ》んだ。

目の前の少女は――明らかに、アカネ・アンリエッタ・西郷だ。今しがた、その電脳へとクラッキングを行って確認したのだから間違いはない。もし別人とするなら、本来のアカネ・アンリエッタから補助電脳《ニューロギア》を摘出して再移植するという離れ業を行ったことになる。

装置自体の移植は、そう、難しいことではない。だが内部に張り巡らされた、特殊な繊維の摂取によって中枢神経系内部で疑似成長を行っていくファイバー素子の部分と、どう無理なく接続を図るかというのが問題になる。つまりは、できるとしたら一握りの神業だ。

そんな手術をするとしたら、よほど膨大な高額となって――ジェレミー・西郷に降りかかるだろう。

（……まあ、アンタなら払えるんでしょーけど）

かなりの数の絵画を描いてきたジェレミー・西郷だ。彼ならば、払おうと思えば払いきれるだろう。その制作ペースは、ある種の趣味的な芸術家と言うよりは商業作家のようなものだった。彼は精力的に作品を生み出し続けた。

だからこそ――……そんな男が、こんな芸術解放特区《アート・コミューン》にまで訪れて何を行っているのか。

娘と二人で暮らしていけるだけの資産は得ていた筈だ。それなのにそうも描き続けてきたのは、どんなに周囲の期待があったとしても画家当人にそれだけのモチベーションがなければ成り立たない。それほどまでに内なる芸術の衝動に駆られる彼は、本当にこの街で絵を描くことなく隠れていられるのだろうか。

（……モチベーション、ね）

アリシアは、自嘲的に口を噤んだ。

あのインタビューアーの記憶に見たサイモン・ジェレミー・西郷の様子。

あれは到底、モチベーションがある人間とは言い難かった。

インタビューアーは一切高圧的な態度も取らず無礼も働かなかったが、向かい合うジェレミー・西郷は疲れ切っていた。

あれは、内からの衝動というより義務感で描いているに等しい。インタビューアーから向けられる支持も肯定も、それが彼の首を締め上げる真綿の一種であると言いたげな姿を見せていた。

そういう意味で、こんな芸術とは名ばかりの場所に来るのは頷ける。ジェレミー・西郷にとって、絵とは既に自己表現や自己解放ではなく、苦痛の一種であったのだ。

しかし、何故それほどまでに彼は作品を作っていたのだろうか。

（名誉？　得た客層を離せなかった？　でなければ……）

もっとも思い当たるのは――金銭だろう。

そしてそれで、きっと殆どの理由付けができる。

金のために、ああも絵を描いた。そしてそれだけでは足りなくなってしまったから、ジェイスのような人間と手を結んで、この街に来てビジネスを始めることになった。

そのビジネスが何なのかは不明にしろ、少なくとも、ただ絵を描くよりも実入りがいいことなのだろう。

おそらく、この部分に関しては確定でいい。

（画家の収入の相場は分からないけど……思ったよりも手取りは少ないの？　少なくとも、それなりにファンが付くぐらいに売れていたというのに……）

考えるも、答えは出そうにない。歩きながらの思考が他に比べて最も脳を働かせるという研究があるが、アリシアによい閃《ひらめ》きは生まれなかった。

「え、ええと……その、ここ、時たま物が落ちているので、お気をつけてくださいな」

「……どーも」

道案内を申し出た黒髪の娘が、薄暗がりから控えめにアリシアを振り返る。

なんとも育ちの良さを感じさせる嫋《たお》やかな物言いで、実に奥ゆかしい少女だった。

箱入り――という言葉が相応《ふさわ》しいか。そう思えば、彼女のためには絶対にこんな場所に来ることは勧められない。おそらく、ものの数分の内に路地裏に連れ込まれてしまうだろう。だからこそ籠もっていたというなら頷けるが……それならそも、この街に連れてくる必要があったのだろうか。彼だけここに来れば、それでいい筈なのだ。

（外に一人で置いておきたくなかったか、一緒に居たかったか、それとも彼女もここに来なければならなかったか……。でも、どうして？　ここじゃなきゃできないことなんて……そう多くはないわ。何かを求めて連れてきた――とは、あまり思えないけど）

可能性があるとしたら、やはり、狙われているということなのだろうか。柳生兵衛《やぎゅうひょうえ》を雇っていたことから考えるにそれは自然だが――……兵衛は何も、常にここにかかり切りではない。普段の彼の警護はジェイスたちが務めているだろう。ジェイスたち程度に退けられる相手など、それなら外でもっと腕のいい事件屋《ランナー》を雇った方が合理的と思えるが……。

ともあれ……残る謎は、ジェレミー・西郷当人に確かめればいい。

思わぬ障害に引っかかってしまったが、残すところ――このぼんやりと足元の光が続く石牢の道の先に答えがあるのだ。

（あたしは……）

己の思考の内でも口を噤んで袖を握り締めるアリシアを、少女が何度も振り返ってくる。よほど不安に思われているのだろうか。

それも無理はあるまい。全身から汗などを垂れ流した裸の姿で遭遇したのだ。尋常ではないことが起きたと思わせるには十分だし、そんなふうに捕らえられてしまうような人間と知らせるにも十分だ。

その割に手を差し伸べてくれた少女は、優しく純粋なのだろう。

（……分からないのは、アンタのこともよ）

あの時襲い掛かって来たサイボーグと近い背格好。だというのにその補助電脳《ニューロギア》が示す波長はまるで異なっている。あのような一種の攻勢防壁のような精神の乱れもない。

接続して悪感情がないことは、もう確かめられていた。だから彼女の申し出を受けたのだ。

一体全体、なんなのか。

何もかもが、この解放特区の如く悪夢めいている。煙《けむ》に巻かれる心地だ。

この社会においては、人間の背格好を似せることなど容易《たやす》い。個人の極めて明らかなる証明となるのは、補助電脳《ニューロギア》以外に存在しない。

つまりは——どちらかが幻だというのか。あれは何か、一種の悪夢の赤子のように生じた……切り離されてこの世の暗部に生まれた暗黒や幻影だというのか。

暗い廊下のその先が、怪物の口のように思えた。薄ら寒いものが潜んでいる気がして、白いワイシャツ越しにアリシアは己の身体を抱き締めた。

まだ、害意に晒されている気がする。男たちの嘲笑が金切り声のように聞こえてきて、アリシアの神経を苛《さいな》む。あんな剥き出しの悪意と獣性を目の当たりにしたせいか、精神的に強烈なストレスを浴びたためか、明らかに自分は立ち向かう力を失っている。

いや、それだけではない。こうなったのは、きっと――……。

「……何よ。そんなに心配？」

「えっ、い、いえ……その……えっと……」

露骨に視線を逸らした黒髪の少女が、ちらちらと見てくる。

電脳上で思考を読み取ることは――避けた。直接的な接続の危険性。この街に来て、それで幾度となく痛い目を見た。簡単な感情の把握はまだしも、それ以上をする気力は今のアリシアからとっくに失われている。

精神の不調は、脳の問題だ。つまりは物理的な話だ。アプリケーションで解決することだって容易いが――……今はもう、それをしようとする意気も起きない。

そんなアリシアへ、何度か目を伏せながら、ちらりちらりとその月色の瞳を向ける少女。

不安と言うよりはむしろ……好奇心だろうか。それに含まれているのは。

「も、もし失礼でないのでしたら……ええと、その、気を悪くなさらないでくださいね？その……アリシア様は、本当に探偵さん、なのかしら……？」

「ええ、まあ」

歯切れの悪いアリシアの言葉に構わず、アカネ・アンリエッタは僅かに目を輝かせた。

「で、でしたら！　……ええと、その、失礼を。ご、ごめんなさい……大声を。お許しくださいな。で、でしたらアリシア様に……その、できたらお願いできたらなぁ……って」

「お願い？」

「父様についてなのだけれど……」

にわかに眉を上げるアリシアの前で、アカネが続けた。

「その……父様は、どうしてこのようなところに来たのか、と……思いまして。父様は、いつも何かに熱心になっていたのに……近頃は、その、塞ぎ込んで何もしないことが日に日に増えて……。どうしてしまったのか、と……わたしが聞いても、何も答えてくれなくて……」

「……それを、確かめてほしいと？」

「ええ、そう……そうなの。わたしに聞けないことでも、探偵さん――なんて方なら、もしかして……って」

僅かに目を輝かせているのは、探偵という肩書の非日常か。今のアリシアが到底そんな上等な人間に見えぬとは分かろうに。それとも、藁にでも縋りたかったのか。

逡巡し、

「あなたの気持ちは分かったわ。あたしも、力になってあげたいと思う」

「な、なら……！」

「だけどごめんなさい。今、あたしは別件で仕事中なの。だからあなたとは契約できないし……きっと内容的にも二重請けになるわ。だから、あたしは請けられない」

消極的に首を振ったアリシアに、少女は一度残念そうに顔を曇らせてから——

「あ、そ、そうですよね……。でも本当にプロって感じで、すごいなぁ……」

純真な少女のその目線に、

「プロ……」

今はその言葉に——明確に頷き返せるだけの気力が、アリシアの中にはなかった。

探偵。

事件屋《ランナー》。

この事件に遭ってから、問われている。

果たして——プロとは、なんだろう。己は、何を以《も》ってそう呼ばれるのだろう。

自分を嬲《なぶ》りながら嘲笑ったジェイスの声。

柳生兵衛の冷たい視線。

それが、アリシアの中で渦巻いていた。目的地のドアの光が見えても——すぐに答えは見えないままに。

そして、真相への扉を開く——。

銃を手に室内をクリアリングする。左手にはスピードローダーを握り込みつつ、両手で握把を握る形で。

まず――最も恐れていた、あの青年は此処《ここ》には居なかった。そのことに胸を撫で下ろす。

その部屋の中は、少なくとも、あまり画家のアトリエには見えない場所だった。

まず、古城のテーマパークを改装した関係で概ね魔術師の秘密の地下牢めいて薄暗いというのが一点。そしてその中で、大型のコンピュータに接続したいくつものディスプレイが異界への窓の如くぼんやりとした明かりを放っている。

机の上に置かれた原料は、しかしそのどれもが手つかずだ。硯《すずり》と墨は衝動のままに倒されたように散らばっていて埃を被っている。少なくとも、絵を新たに描いている風には見えない。道具同士の喧騒が繰り広げられているその中でも、一瞬の静寂のように整理された一角には骨壺が置かれている。

（骨壺……ね。そう……やっぱり……）

ふむ、とそのまま室内を見回した。

特におどろおどろしいのは、無残な惨殺体じみたドロイドの手足が転がっていることだ。

そのいずれにも鋭利な切断面が刻まれており、試し斬りという言葉が思い浮かぶ。

そして相も変わらずこの街特有のグラフィティ・アートが、奇怪なる異次元の外宇宙生命体の内臓めいて床や壁にぶちまけられる中――その、セーターの上に白衣を纏った男はいた。

「失礼するわ。ノックは必要かしら？」

「……結構です。君を招いた覚えはないので」

「そう？　じゃあ、次からはアポ用のサイトを用意しておいて。時代は電子登録よ」

自分を奮い立たせるような気障《きざ》ったらしい言葉と共に、肩を竦めたアリシアは歩き出す。

「どうも。あたしは探偵のアリシア・アークライト。いくつか聞きたいことがあるんだけど、いいかしら？」

「話せることはないです。……早くここから帰ってくれ！　口も開かずに！　兵衛さんは何をしているんだ！　出て行ってくれ！　私たちの前から！」

「ま、待って父様！　アリシア様は探偵で、きっと父様が元気がない理由も――」

「アカネ！　部屋に戻りなさい！　こんな場所に来てはいけない！　戻るんだ！」

目を狂気的に剥いて、サイモン・ジェレミー・西郷が叫んだ。

どこか、ドラッグの反応に近い――……とすれば、彼自身がドラッグに手を出したことから、この街に来たのだろうか。

それも一点。もう一つ、アリシアには確かめるべきことがあった。

骨壺に目をやる。――本来なら、遺族の手に戻されることはないそれに。

「確認させてちょうだい。あなたの絵って、そんなに安いの？　確かに還元葬《リーフ》の罰金は高いけど、売れている画家にも払えないくらいに――」

「絵の話をするな！　私たちの前で絵の話をするんじゃない！　離れなさい！　その子か

ら！　アカネ！　部屋に戻るんだ！」

「いやよ！　最近の父様は変だわ！　いつも一緒に居てくれるのは嬉しいけど……全然お外にもいかないいし、いつもこんな部屋で難しい顔をしている！　だから母様も去ってしまったのよ！　それでも、きっと母様は父様を心配して探偵さんを雇ったのよ！　お願いだから父様、昔のように笑う父様に戻って！」

目に涙を浮かべる少女と父とのやり取りは、何かのドラマの一つのようだ。ホームドラマ――愛し合う父と娘。その絆。家族の愛情の物語。

だが、それよりも、アリシアには聞き捨てならない言葉があった。

「待って。あなたのお母さんって、もしかして別に誰か？」

「別？　母様は、一人よ。アリシア様も、母様に雇われた方なのではないの？」

食い違う。

ここまで――ここまで少女の内面を探ろうとしなかったのは、アリシア自身だ。

いいや、或いはアリシアとて、心のどこかでは理解していたのかもしれない。無意識の危機感と共に、彼女への電脳接続を避けていたのかもしれない。

「母様は……いつも父様と一緒にいて……わたしに服を作ってくださって、父様はそんなわたしを絵に……――母様？　どこに、いらっしゃるの？　だって、わたし、父様といっぱい絵を――……絵、を？　どうして？」

「その子から離れろ……！　娘に近付くな……！」

サイモン・ジェレミーが白衣を翻して、拳銃を構えた。電脳連動式のオートマチックハンドガン。銃と、目線と、肉体を高度に連携させる思考制御拳銃。

その傍らで、アリシアの前に出ていたアカネ・アンリエッタが蹲っていく。何か強大な力に身体を折りたたまれるように丸めながら、その細い指で頭を押さえて、髪を掻きむしるかの如く呻き声を上げている。

豹変――いや、予想は付いた。やはりあの大鎌のサイバネ襲撃者はアカネだった。ドラッグの禁断症状のように――或いはトラウマのフラッシュバックのように、何か決定的な事態が彼女の豹変を引き起こすのだ。

「離れなさい……！　その子を黙らせるわ！」

「黙るのは君の方だ！　早く、ここから居なくなるんだ！」

そんな叫びと共に放たれる牽制の一発が、床に火花を散らした。

「お前たちはいつもそうだ……いつも私たちから奪っていく……！」

幽鬼の如く髪を振り乱したジェレミー・西郷が、血反吐《ちへど》を吐くように怨嗟を漏らす。

「妻の亡骸も！　私の作風も！　娘の人格も！　お前たちはいつもそうだ！　私たちが何をした!?　いつだって、私たちの手の及ばない外側がそうしてくる！　好き勝手に！　お前たち社会が、私たちではない誰かが！　私たちの外から、手元の幸福を奪うんだ！」

「人格……？」

「こんなものが……補助電脳《ニューロギア》なんてこんなものがなければ……！」

ガタガタと、アカネが震えていた。その肉体が、何かに乗り移られるかの如く震えていた。

口角から涎を垂らし、髪を振り乱し、振り子のように上体が揺さぶられる。

その瞳は瞳孔の拡張と収縮を繰り返し、完全に、異形の怪物に変貌するかの如き雰囲気を放ちながら異様な姿を露わにしていた。

瞬間、

（まさか――）

アリシアの脳に、あの日の兵衛の言葉がリフレインする。

アリシアに対して事件屋《ランナー》のあり方について問いかけた言葉ではない。あれは――

〈懲罰金返済の強制労働は？〉〈戦争株配当によって企業私有地への不法立ち入りとして拘束される住人達は？〉〈補助電脳《ニューロギア》の制御機能障害で、人格に損傷が出た事例を知っているか？〉。

そうだ。

ゴルトムンド・ロット訴訟事件――ある製造ロットの補助電脳《ニューロギア》に潜んでいたバグ。今なお被害者を生む、忌まわしい企業の起こした重大事件。被害者の補助電脳《ニューロギア》の摘出費用補填は認められたが、新たな補助電脳《ニューロギア》の購入費用と交換手術費用は彼ら持ちで、高額のリハビリ費用と共に未だに障害に苦しむものもいる。

まさか、サイモン・ジェレミー・西郷が画家としてのキャリアを捨ててまで、ジェイスのような男と共謀してまで資金を求めたのは――――。

「まっ、まっ、まま――まま――まんま――――あ――――あ――――」

泣き笑いが入り混じった異常な表情。

ぽっかりと広がった空虚のように見開かれた目と、痙攣する顔面。

複雑に表情が移り変わる。写真を何枚も切り替えるように、とても随意で出せるとは思えないほどの有様で喜怒哀楽が変貌していた。

その表情の通りの感情が押し寄せているなら、遠からず少女の心は壊れてしまうだろう。

だが、

「……アカネ。大丈夫だ。苦しいお前は、居ないよ」

慈しむような表情と共に、ジェレミー・西郷が、折りたたまれた大鎌めいたあのサイバネ義肢を娘に手渡した。

アリシア自身の言葉が脳裏によぎる――駆動させるとアッパーに入るサイバネ――ああ、つまり、そんなサイバネを使うことで無理矢理に娘の人格に指向性を与えていたというわけだ。人格を刃物そのもののように。役割を与えて、彼女をそれ以上、壊さないために。

そして彼は、これまで牽制のために地面に向けていた銃をアリシアへと向け直した。

「娘を、人殺しにさせるわけにはいかない……！」

銃口を向けられつつ――悲壮なその表情を見て、アリシアには全て合点がいった。

何故、ジェレミー・西郷がキャリアを投げ捨ててまでこの街に来たのか。

すべては娘のためだ。あんな見境のないサイバネ殺戮昆虫めいた娘は、到底、企業統治エリアで生きていくことはできない。何らかの間違いがあったその日には、排除対象と変わるだろう。それを避けるためにも、統治も何もない場所に来なければならなかった。

この危険さこそが、彼と娘のためには、丁度良かったのだ。

（……そう。娘さんのことを、愛しているのね）

アリシアは一度、目を閉じた。

それを――彼女が観念したと受け取ったのか。顔に苦しさを浮かべたジェレミー・西郷が、無念そうに漏らした。

「っ……わ、悪いが……悪いが私は娘を守ると――決めているんだ！」

そして、引き金が引かれる。

だが、弾は飛び出さなかった。

「通じないわ。……どうせなら、銃もアンティーク趣味ならよかったのに」

既に機器へのクラッキングは終えていた。アリシアから伸びた仮想量子線《ストレイライン》が、彼の手元の銃の制御を奪う。強制的に安全装置の作動状態を作り出す。

そのまま、地を蹴った。手近なドロイドの腕を拾い上げ、躊躇《ためら》いなく投擲する。

投擲用の身体プログラムと、アリシア自身の類まれなる身体能力を受け取って猛烈な勢いで加速するそれが、一切の容赦なくジェレミー・西郷の痩せぎすの身体を弾き飛ばした。

直後――彼の頭部の位置を横薙ぎに払った大鎌。

「三度目のしょーじき、ね。この場合は……どっちにとってかしら？」

吐息と共に、銃を一回転させる。

不敵に片頬を吊り上げたアリシアは、腰に巻いたリボンに銃を収めてサイバー・アイキの構えを取った。先ほどのものを見せられてなおアカネ・アンリエッタに銃を向けるのは、彼女の中で決定的に憚《はばか》られる事態であった。

その頬を、冷や汗が伝い――……

（それにしても……あたしを撃ったあと……どう止めるつもりだったの……？　それに……そんな状態の娘さんに、どうやってこれまで殺人をさせずに……？）

まだ謎は、残っている。

だが――なんにせよ、一つの正念場というものだった。

破綻した人格を前に、補助電脳《ニューロギア》のクラッキングは不可能。

そしてまたしても手足を包み込む熱っぽさと倦怠感。

更に防刃性の装備はなく、拳銃の使用も封じて。

疾走する四本の大鎌を翻した人型の殺戮昆虫が、アリシア目掛けて飛び掛かった。

◇ ◆ ◇

それは、冴える銀色の月に似ていた。室内に横たわる繊月だ。

刀身に、満月めいた黄金の瞳が映る。金槌の音が響き、むわ……と炉からの熱気が上る室内にて、黒衣に身を包んだ美丈夫が目を細める。

研ぎあがったその刃を眺めつつ、ふと、柳生兵衛は口を開いた。

「風水、とは知っているか」

「なんだい、出し抜けに。……仕事がお気に召さなかったかい？」

汗に濡れたタンクトップを豊満な乳房に張り付けた女性が口を尖らせると、いいや――と青年は首を振った。

「或いはジンクス。或いは神秘。或いは怪談。すべてに理由が付く、という話だ」

「……この雑談の理由は付かないがね。何が言いたいんだい？」

小さく肩を竦めた彼は、抜き身の刃を鞘《さや》に戻す。

腰から下げた大仰な鞘はバッテリーも兼用であり、そして、撃発装置も有している。生身での使用を前提としていないそんな装備を引っ提げて仕事をこなす彼こそ、ある意味この機械化社会の中での怪談めいた存在だ。

対機・新陰流――対サイボーグや対パワードスーツであったその流派は、既に本家においてはサイバネ剣士こそが使用する流派に代わっていた。それはある意味の必然だ。小よく大を制す――というのは武道においての理想として語られるが、残酷な話をするならば、技量が同じならば体格で勝るものが勝つ。同様に、対サイボーグの業《わざ》は、サイボーグ同士の戦闘にこそ求められた。サイバネ剣士が対サイバネ流派を使った方が圧倒的に強い。

そんな中でも、ネオチヨダ柳生の長男に生まれた彼は、律儀に生身のままネオチヨダ柳生の業を磨いていた。奇妙な男だ。

「返礼に、忠告を……と思ってな。事故物件とは、判るか？」

「大昔の都市伝説かい？　それが何か？」

「理由が付く、という話だ。それが殺人によるものなら――そんな危険な人間が部屋に入れてしまうほどのセキュリティしかない家であり、孤独死ならば管理人もその程度の無関心さしかない住まいであるということだ。霊とは、つまりは危険のことだ」

「それで？　じゃあ、自殺なら？」

「……目に見えるものがすべてではない。気配とは、音と認識できぬ音であり、或いは匂いにならぬ匂いだ。或いはサブリミナル効果の如く、映像と認識できない映像か……文字として言語化できない感覚……そんなものでも人は感じ取り、それが、知らずのうちに心身に影響を及ぼす。そんな場所なのだろうよ、それは。……故に避けられるべきである、という話だ。風水的な悪、教訓めいた怪談には必ず理由がある」

「それで……この話の理由ってのは、一体なんなんだい？」

持って回ったような話し方をする彼に、呆れたように彼女が言った。

柳生兵衛は僅かに口角を上げ、

「人がどうしても近付かぬ場所には、近付くべきではないということだ。思わぬ鬼に会うこともあるだろうさ」

そう呟き、柄頭《つかがしら》を押さえる。

まさにその鬼に出会わば斬らんとするように獰猛に金色の瞳を歪める彼こそが、どこか鬼めいていた。

剣鬼。

彼が使った刀を見れば、何よりも雄弁に、女性にはそれが分かった。

「……どうも。でもね、そもそも女がそんな人気《ひとけ》のない場所に近付くと思うのかい？」

「女……」

言われてから、彼はふと鍛冶屋《カタナシ》の女性の乳房を見た。

どうも、今の今まで忘れていたらしい。彼女を女扱いしない男は多くいたが、それでも必ず何かの期待を込めた視線を向けるのも一体不可分であった。まさか本当にその言葉通りに女扱いしないとは、それはそれで随分と失礼な男だった。

「膝でも突いて花を贈った方がいいか？」

「お断りだよ。花なら代わりに、その刀で咲かせてやってくれ」

「……違いない」

微笑と共に、兵衛が鞘を撫でた。彼が人斬りとすれば、女性は、そんな男に凶器を渡している人間に過ぎない。武器の責任や鍛冶師の責任について、あくまでも使用者が悪いという論調が昨今広がっているものの、彼女の本音は違った。

自分の作品が優れたものと知ることは、ただそれだけで快感だ。そして武器である以上、その性能が何を指すかなど一つしかない。その時点で、殺人を許容しているのだ。それが護身のためや防衛のためなどと言うのは理性的ぶった物言いに過ぎない。本音は——よく人を斬れれば、それで、ただ嬉しいのだ。

心血を注いだ作品が、その企図の通りに働いて喜ばしくない訳がない。

そんな、人非人《にんぴにん》。

人斬りも鍛冶師も、同じ穴の貉《むじな》だ。特にこのご時世に好き好んでそうしている人間など、そんな凝り性《アーティースト》しか存在していない。

そういう意味で、彼女は兵衛を評価していた。鍛冶師が幾度と鎚を振るって作品を作り上げるように、彼も、その生涯を使って一振りの刀を作ろうとしている。そんな錬磨の狂気を携えた剣客。ましてやこのご時世にサイバネすら用いぬのは狂気を通り越した自殺的だ。そんな男にわざわざ自分の剣を選ばれたことには、ある種の光栄さがあった。

「さて、では息災でな」

兵衛が、出口へと踵《きびす》を返す。そんなときだった。

「なあ、カントクのヤツ……来てないか？」

極彩色に反射するラメ入りのモッズコートに身を包んだ男が、そう敷居を跨いだ。

「カントク？」

「いや、前々からアンタを撮りたいって言ってたから……もしかしたらここに来てるんじゃないか、と思って……」

「撮らせるつもりも予定もないよ。出直しな」

「いや、本当にさ……どこにもいなくて……何か知らないか？」

そんなやり取りを聞きながら、兵衛は店を後にする。

「……どこかの穴に落ちたのかもしれないな」

そう、静かに呟きつつ。

◇

◆

◇

死の旋風と、呼ぶに等しい。

唸りを上げる大鎌が、子供が暴れるかの如く次々に振り付けられる。無残な惨殺体じみたドロイドの手足がそのたびに撒き散らされて宙を舞う。

それを——全くの生身のまま、アリシアはすべて往《い》なしていた。

潜り、しゃがみ、躱《かわ》し、伏せ……ある種の演武めいて繰り広げられる攻防。傍目には、それは互いに打ち合わせ済みの踊りじみている。

それこそが、サイバネとの戦闘技法たるサイバー・アイキの奥義——ではない。

(——アイポロス!)

幾度と、記憶の中でアリシアの首が刎ねられる。或いは腕が吹き飛び、腹を串刺しにされる。頭を潰され、顔を抉られ、無残にも屍《しかばね》に代わる。

そんな未来。

それを全て、電脳上で演算する。いや、未来疑似体験《フォー・シムステイム》——未来の演算を体感する彼女にとってそれは殆ど死に覚えにも等しい。

未来で殺害される度に現在へ戻り、また未来に旅立ち、そして今の己の回避に活かす。

至短時間にて行われる電脳のスパークが、彼女にそんな超絶技巧を振るわせた。暴れ牛相手に立ちはだかるマタドーラどころか、牛とフラメンコを踊るダンサーにも見えよう。

金髪が燃える炎のように揺らめき、旋風を躲す。衆目があるなら、よほどの達人にしか見えぬだろう。

無数の時間、無限の演算の先に勝機を目指す。そのたびに死の感覚が彼女を襲った。得意の痛覚無視も感覚遮断も、アイポロスの演算の中では使用できない。それが制限なのか何なのかは知らないが――少なくともその分、痛みを味わうということだ。

現実世界では既に鎮痛プログラムを実行しているため、彼女の動きは鈍らない。それでも僅かな切り替えの瞬間には微かな隙が生まれ、また、即座に痛覚を遮断しているだけでストレス物質は脳内で分泌されてしまっているし――脳内麻薬でどうにかなる分を超えた痛みは、防げない。

格上との戦闘なら、そこを突かれて敗北もしかねない。それほどまでに危うい技と呼べた。大鎌が巻き上げるドロイドの破片から身を捩り、苦く口元を歪める。

（それでも……ジリ貧ね……！）

立体機動で襲い掛かる、目の前のアカネ・アンリエッタが素人だから凌《しの》げている。

それでも攻撃に入れる隙間はなく、徐々に状況は悪化していく。

特に――やはりあの倦怠感だ。身の内が甘ったるい熱を持つ。鎮痛作用を利かせている上でこれなのだから、そうでなければ今頃腰砕けになっているだろう。

最早、ここに来てそれを偶然とは思えなかった。

しかし――アリシアが驚愕したのは、それだけではなかった。

「あ、あはっ、はひっ、ひっ、いっ、いいいいい――――」

黒髪を振り乱して背面アームから大鎌を振り付けるアカネ・アンリエッタが、ぞくぞくと背筋を震わせていた。少女と呼ぶには女が過ぎて、しかしそれでもアリシアよりはまだ軽度にも見える。

だが――彼女もまた、快感に震えていた。

(……この子にも、効いている……？)

つまりはそれは、無差別的な作用を引き起こしているということだ。

考えられるのはガス、広域電波による強力な電脳クラック、あとは何だろうか。

そしてこの個人差は、なんだ。アリシアと少女で、体格以外に何が違う。サイモン・ジェレミー・西郷も含めるならば、三者の違いとは一体何だろうか。年齢に比例している？

(……違う。あたしの効きも、捕まる前より強い。ということは……)

――経験か。

つまりは薬効ではなく、それぞれの肉体や記憶が持つ体験をベースに引き出されていると考えた方がよさそうだ。それが起こるのは、電脳クラッキングによると見て違いない。

しかし、電脳魔導師《ニューロマンシー》でも電脳潜行者《ジョッキー》でもない者が、アリシアにクラッキングを仕掛けられるというのか。電脳魔導師《ニューロマンシー》たるアリシアのセキュリティを掻い潜って。

到底そうは思えず——しかし論理的には、それ以外ない。

中段に突き出された穂先の一閃を側面を叩いて逸らし、アリシアから走る仮想量子線《ストレイライン》が部屋の中の大型のコンピュータに接続する。何かの演算や、電波放出のプログラムはないか。回避の傍ら、電脳的な捜索の手を走らせた。

（父娘共に容赦なしのお構いなしって？　ジーザス……似た者父娘ね）

唇を噛みつつ、縦横無尽に暴れ回る殺戮昆虫の追撃を避ける。一閃ごとに床が切り刻まれ、一閃ごとに粉塵が上がる。もう、とっくのとうに二・三人は殺してそうな暴力だ。

そこで、ふと、ある閃きが脳裏をよぎった。

娘にも効いているのではなく——……それとも、効かせているのか？

先ほどの自問自答の答え。父親がアリシアを殺害したとして、その後、暴れるアカネ・アンリエッタの凶刃を如何《いか》にして躱すのかという命題。ジェレミー・西郷にとてもそんな腕力があるとは思えず、有用そうなサイバネ装備も見られない。となればできるのは、サイバネの内部に停止プログラムを仕込んでいるか——自分以外の外部に何かを仕込むこと。

ここは、彼のアトリエだ。仕掛けをするのは容易い。

前者の可能性は捨てきれないが、今現にアリシアにも不調が起きていることを考えれば答えは後者と見て間違いないだろう。

ならば一体——何を仕込んだか。

振り下ろされる刃を躱しつつ、並行して記憶を洗い直す。

この不調が起きたとき、今まで、その場には何があっただろうか。

始まりのその時、あの金属彫刻の林で。

二度目の邂逅《かいこう》は、この古城の中で。

そして、三度目が今。

それらに共通してあったものは、一体なんだろうか。電波の発生装置。それともガスの噴射装置。ウイルスの発生装置になり得るオブジェクトは何か――――いや、違う。後者二つは有り得ない。野外ではリスクが高すぎる。あのように風が流れる場所では十分な濃度の維持ができず、それでも効果を求めるなら、周囲一帯が汚染される。

周囲一帯――――いや、そうだ。まず、どこにも人気がなかった。

不自然なまでに人がいなかった。二度目三度目の邂逅に関しては分かるが、あの見事な彫刻に関してはあまりにもそぐわない。

となれば、それも……人を遠ざけるようなそれもまた、ジェレミー・西郷による仕掛けだというのか？

娘に殺人をさせることを厭っていた。なのに彼女は幽閉されることなく、あのように外に出ていた。それがただ一度の偶然ではなく、あのジェイスが警戒していたように常習的なものであるのなら――――……であれば外に出す以上、そこで娘が他人を殺さない確信があるということ。

つまり、人を遠ざけさせるだけの仕掛けもまた施されていたということだ。

ならば、それも含めて……あの街並みにも存在していた共通点とはなんだ？

すべてが異なる立地の中で、それでもいずれにも存在していたものとは？

（――グラフィティ・アート？　模様。でも、そんなもので――……）

まさかと、そう思った瞬間だった。

答えの如く。

それらを鮮明に思い返した途端、ドクンと、胸が跳ねあがった。

体温が上昇し、脳髄に訳もない多幸感が溢れ、全身の毛穴が開いたように感覚が鋭敏と化しているのが判る。それらグラフィティ・アートの一つ一つを思い描くことが、そんな、ドラッグじみた感覚の発露に繋がった。

どれか個別に、ではない。すべてを回想したその時に、それは呼び覚まされた。

何かのアプリケーションが起動したように。或いはファイルが再生されたように。

つまり――あのグラフィティ・アートとは、

（――記憶の中で炸裂する二次元マトリクス・コード！）

例えば古くはバーコード、或いはＱＲコードなど――文字列を画像に変換して読み込ませるそれは、この電脳社会においても現役である。画像のどれがなんの文字に対応しているか、そうルールを定めてエンコード・デコードするアプリケーションさえあれば有線・無線の接続なく光学的に相手に情報を送れるため、実際のところ今でも有用な手段だ。

しかしながらプログラミング言語ではあまりに膨大な文字数となるため現実的ではないし、何より当然、今やデバイスが人体と連動してしまうようになった中ではセキュリティによって強く制限を受ける仕組みになっている。管理者権限での認証が必要であるのもそうであり、特定行数以上の文字列に対する認識阻害や実行阻害のソフトウェアが作用するようにもなっていた。

それを——時間軸にて微分する形で、つまりはコードを寸断する形で彼は解決したのだ。

いくつものバラバラの画像を読み込ませ、それが記憶の中で統合されることで発現する電子ドラッグ。通常のコードであればセキュリティにての防護が可能であるというのに、これは個々には無害だから弾けない。

そして記憶の回想という管理者自身の通常の——つまり補助電脳《ニューロギア》での制限を一々加えていたら日常生活という利便性に支障をきたしてしまう——機能に相乗りする形で、権限承認のセキュリティを回避した。

芸術家、ではない。彼は紛れもなくある意味で、電脳に対するクラッカーだった。

（凄まじい執念ね……）

そんなコードを織り込んだ上で畑違いのアートを描く。

本来は技術者畑ではない彼が、如何にしてその技能の習得に至ったのか。それを想像するだけで途方もない気持ちになる。

きっと——娘の病状を知ってから。

電脳を深く知り、幾度と確かめ、やがて彼はそんな領域に辿り着いた。本当ならば娘を治してやりたかったのだろう。何とかしてあげたかったのだろう。そんな父の愛が、電脳潜行者《ジョッキー》でも電脳魔導師《ニューロマンシー》でもない身ながら、そんなクラッキングを成立させるに至った。

ああ——この父娘は、本当に家族なのだ。

「——ッ」

アリシアの頬を、機械の鎌が掠めた。

改めて、青い眼差しをキッと強めた。

視覚的な電子ドラッグ——それがジェレミー・西郷が辿り着いた境地であり、ジェイスと組んで行っていたビジネスの正体。それの稼ぎで娘を取り戻すのか、それ自体の研究の果てに娘を正気に戻すことを目論んでいたのかは知らないが……この治外法権の街は、彼の実験に向いていた。それが事件の真相だった。

しかしそれを読んだところで、目の前に振りかざされる暴力が止まることはない。

そうだ。探偵が推理を聞かせるには、犯人の実力行使を防ぐ必要がある。陸の孤島での連続殺人には何よりも探偵が事件の最中に殺されない素質が求められる。

そうだ。勝利せずして、掴める生還はなし。

そして――

（っ、アイポロスで……見す、ぎた……）

幾度と未来演算を行う中で、アリシアの視界は幾度とグラフィティ・アートを捉えてしまっていた。それが、累積する。蓄積する。その指令は、現在に噴出する。

蓄積するということは、厳密には二次元マトリクス・コードではないのだろう。

二次元マトリクス・コードでの情報の再生を行うためには共通のエンコード・デコードのプログラムが必要であることを考えれば、おそらくは何かしらのバグや異常電流を引き起こす仕組みであり、それが補助電脳《ニューロギア》内で何か神経系への誤作動を起こさせる。見れば見るだけ悪くなる……効き始める。そういう仕掛けだ。暴風のように四方八方に跳び回って暴れ続ける娘に効果を発揮させるには、向いているというわけだ。

その上で――彼女とアリシアの動きを比べれば、それでも分が悪いのはアリシアだった。

ただし、

「――ショータイムよ、オーディエンス。次で決めるわ」

それでもアリシアは、不敵に笑う。

誘うように指を曲げ伸ばし、挑発のポーズをとった。

荒らされた魔術師の工房めいた冒涜《ぼうとく》的な部屋の中、阻むものは何もない一直線。

アリシアも、飛び道具すら用意しない。大鎌を携えた補助肢が俄かに沈み込み――直後、バネ仕掛けの如く少女が打ち出された。

爆速的な突進は、まさに弾丸と呼ぶに等しい。小型のスポーツカーめいた疾走のまま、ワイシャツに包まれたアリシアの小柄を両断せんと少女が刃を振りかざす。故に――

「仮想量子線《ストレイライン》ッ！」

アリシアの身体を中心に、蜘蛛《くも》の巣じみて青白き仮想の通信線が放射された。それは仮想の通信線であり、通電線だ。即ち――

「仕留めなさい！」

人差し指で銃を作った彼女の動きに合わせて、跳ねる。無数の機械が跳ねる。無残な惨殺体じみたドロイドの手足が、アカネ・アンリエッタの発作に合わせて切り刻まれていたそれらの手足が、動力を持たない筈のそれらが跳ねる。

それはさながら、墓場の主たる死霊術師《ネクロマンサー》か。

仮想量子線《ストレイライン》の通電供給によって動き出した主なき機械の死体たちが、その関節の曲げ伸ばしの跳躍によって、さながら弾丸めいて疾駆する武装人型昆虫のアカネ・アンリエッタに衝突する。相対速度のその分、威力は凄まじく――手足の礫《つぶて》は、防御を行う黒髪の少女の機械補助肢を軋ませた。

速度を殺され、バランスを崩されたその疾走。辛うじて姿勢を制御しようと地面に補助肢を突き立て停止したまさにその瞬間、踏み込んだアリシアの白い手が機械四肢のアームの関節を抑え——重心を掌握。

まさに一息、旋風が叩き付けられるが如く、

「——サイバー・アイキよ。ま、聞こえちゃいないでしょーけど」

人型昆虫と化した少女を、猛烈に投げ払った。

アカネ・アンリエッタの黒髪が鴉の翼の如く広がる。

機械の姿勢制御を悪用するような物理的なクラッキングと仮想量子線《ストレイライン》による電子的なクラッキングの合わせ技で、黒髪の少女は、己が義肢の出力のままに無残にも後頭部から地面へと倒れ込んだ。


やれやれ、とアリシアは肩を竦める。

念のために、既に接続しクラッキングを終えた大型コンピュータを経由した侵入も視野に入れていたが……どうやらあちらも豹変の影響か、精神面の負荷が高かったらしい。黒髪の華奢な少女は、そのまま眠っていた。

……いや、もぞもぞと手が動いていた。多分無意識に。その、いわゆる大切な場所に。

多分あの電脳ドラッグのせい。アリシアは見なかったことにした。情けがあった。

（ず、随分動かすのね……うわ、あんなに……あの歳で……そ、そんなに……？　そ、そ

こをそんなに……？　き、気持ちいいのかしら……？）

見なかったことにした。している。つまり見てない。オーケー？

年下の少女が自分より手慣れてそうなことを興味深くなど思ってない。オーケー？

（……さて、これで一段落と行きたいところだけど）

吐息と共に室内を見回す。既に、電脳的には対策済み。

記憶の中に残るグラフィティ・アートを洗い出し、そのパターンに関して視覚阻害を行うＡＩを構築した。より正確に言うなら、既に補助電脳《ニューロギア》内にデフォルトで存在している二次元マトリクス・コードに対するセキュリティにそのデータへの対処を外付けした。

これで、二度とこの電子ドラッグがアリシアに悪さをすることはない。

別の電脳魔導師《ニューロマンシー》ならば記憶消去で対処できるかもしれないが……トラウマからそれができないアリシアにとっては、これが最良の対処方法だ。

そして視線の先で……昏倒から目覚め、ようやく身を起こす白衣の男。

ふらついたジェレミー・西郷は、再び、アリシアへと拳銃を向けた。先ほどとは異なる拳銃を。

「ますます、君を帰すことができなくなった……この子がこんな風になっていることを、知られるわけにはいかない……！」

「……持ってたのね、骨董品も」

向けられる銃口に身を固くする。

その――瞬間だった。背後の扉が開き、現れたのは白髪の剣客。

「盛り上がっているな」

「どこへ行ってたんだ！　こんなときに！」

「得物が研ぎ終わったのでな。元より言った筈だ。そのついででいいか――と」

緊張状態などないもののように、柳生兵衛が姿を現した。

冷や汗が流れる。

体はまだ、本調子ではない。あんな――あんな最低な男たちから性的な絶頂を教え込まれてしまった分、アリシアの中で電子ドラッグの効果が増していた。

柳生兵衛。

あの遭遇で、十二分に彼我の技量差を知った。そしてあの時の兵衛はきっと、この親子に外部の者を近付けるな――というだけで戦っていたのだろう。

だが、ここからは、違う。

「その子を斬ってくれ！　娘のことが知られた……ここから帰せない……！」

「なるほど？」

軽い一瞥に、身を固める。

殺気もなくあれだけアリシアを圧倒したこの青年が、今度は、剣を抜くということだ。

もう——どうにもならない。ここで柳生兵衛と戦うしかない。装弾数五発の三十八口径と、スピードローダーが二つ。計十五発。この男を相手にするのは、対機甲兵器用の大型狙撃銃でも不足だろう。それほどの、存在感がある。

だが彼は——ジェレミー・西郷へと、宥《なだ》めるような目線をやった。

「慌てるほどでもない」

「何？」

「彼女は電脳魔導師《ニューロマンシー》だ。当然、自分自身の記憶も消せる……ここで誓約させて、記憶を消して終わりでいいだろう」

「だが——」

「一つ聞くが……お前の防ぎたい娘による死は、直接娘が手にかけたものだけか？」

「————！」

その金色の瞳は、悼むように倒れた少女を見詰めていた。

意外だった。

あの冷徹に思えた青年が、そんな気遣いを見せている。

依頼人や少女だけではなく——アリシアにまで。柳生兵衛は、この場を最も穏当に収めようとしていた。

これが、彼の事件屋《ランナー》としての矜持《きょうじ》の高さなのか。

逡巡すら交えることのない判断だった。無駄のない──刀のように。

そして彼は、アリシアへと向かい合った。

「ここまで来たのだから、外からも捜査は十分に進んだと判るだろう。少なくともお前は、傍目にもよくやっていた。……これが潮時だ。依頼人には適当な方便を使い、生き延びればいいだろう？」

そのまま、淡々と続ける。

「真相を暴くことが幸福か？　お前は今、見た筈だ。明かすべきでないものを。……それでも得意げに解き明かしたいと考えるなら、お前のそれは酷く独り善がりなものでしかない」

この男からは、出会うたびに問いかけられていた。言葉で──態度で。

それが事件屋《ランナー》としての在り方か、と。

お前の天秤はどこにある、と。

今も見せ付けられた。その判断能力の高さ。意識の気高さ。もう、悔しくは思わない──明らかに彼は事件屋《ランナー》としての格でアリシアに勝っている。それほどまでの青年だった。

だからこそ──定まった。
・・・・・・・・・・・・・・・・・・
この男に言葉を返すために、アリシアの中での答えは定まった。

「……そうね」

この街に着いてから……或いはあの日出会ってから、幾度と突き付けられた事件屋《ランナー》としての意識。請け負うことが何を意味するのか。

一度、目を閉じた。息を吸う。

これは探偵アリシア・アークライトとして、照らしあげねばならない答えだった。

そして、口を開く。――小さな拳を握って。

「……確かにそうよ。あたしが探偵をしているのは、何かを暴くためじゃないわ。得意げに推理を語りたいわけでも、そこにある謎を解き明かしたいわけでもない」

「……」

少なくともここでこの親子に起きたことを伝え広げることは、違う。

それは、アリシアにも分かっている。そうして痛みを量ることもなく無遠慮に踏み込んで、暴き立てて、それでも自分は自分の分の仕事を果たしただけと……そう胸を張るのは、到底、良いこととは思えない。

それは間違いなく、責任ある仕事とは言えない無関心だ。

断じて、自分の領分だけは果たしたと断言することが善ではないのが仕事だ。

だけれども、

「ただ――何かしらの答えが見付からなければ、人はそこで止まってしまう。自分の中の迷路に決着が付けられない。真実を知ることが幸福とは限らないけど、それでも人は前に進むために暗がりを照らさなきゃいけないの……！」

目を逸らさずに、精一杯言い返す。

リフレインする。その記憶からアリシアを忘れ去って、ピアノを弾くこともなく、娼婦に身を窶《やつ》して路地裏で死んだ母親――その最期にも、アリシアのことを思い出せもしなかった母親。

何故、そんなことが起きたのか。何が母をそうしたのか。

それを知ろうとすることが、余計に己を傷つけるだろう。その過程で見たくもないものを見るかもしれないし、見なければよかったと思うかもしれない――それでも。

それでも区切りを付けなければならないのだ。

何かに――きっと何かに。

「ちっぽけな依頼よ。誰が死ぬわけでも、命懸けの願いでもない。でも依頼人は、その時確かにその人の絵に救われたと言ってたし――彼は、ただその人を心配してた。そのための事実は必要なの……そこに彼がどんな真実を見出すとしても、どんな答えを出すとしても……！」

「……」

「お気遣いありがとう。……でも、答えはノーよ。あたしは探偵――探偵アリシア・アークライトよ」

アリシアの言葉に、兵衛が僅かに目を閉じた。

「無意味に死に向かうのが、お前の探偵としての在り方か？」

それは、呆れなのか。無念さなのか。

一度、拳を握り直し――

「……この、筋道が通らない社会であたしまで道を歪めてしまったら、誰があたしの行き先を照らすの？　あたしは、探偵であることをやめるつもりはないわ」

どんな言葉が返ってくるのか。

甘いと、鼻で笑われるかもしれない。それとも、幼いと突き放されるかもしれない。それとも殊更に無謀と身の程知らずを窘《たしな》められるかもしれない。

だがきっと目の前の青年なら、そんなことはしないだろうと信じて――

「んふっ、ふふふ、はははは！」

呆気に取られる。腹でも抱えそうなほどに、柳生兵衛は高い笑いを浮かべていた。

そして、

「そうか――そうか。その言葉が聞きたかった」

どこまでも凍てついて、何よりも恍惚を孕《はら》んだ声。

ゾッと、背筋を何かが這い上がるような震えがくる。

知らない。このような柳生兵衛の声は、知らない。彼とは深い付き合いでも長い付き合いでもない。だが、先ほど見せた思いやりを幻覚だと思わせるほどに——爛々と輝く残酷な金の瞳と共に、彼は実に愉快そうに口を開いた。

「認めよう、アリシア・アークライト。お前は弱い……だが、お前とならば行き着ける果てがあると認識する。お前は進むものだ。お前は確かに、道を進むものだ。果ては違えど、その姿勢は同じものだ。お前ならば斬りがいがあるだろう。……んふっ、ははっ、はははははは！　これまで電脳魔導師《ニューロマンシー》を斬ることはなかったからな……いや、そう言って貰えて俺としてはむしろ助かったぞ。一度は斬っておきたい気持ちもあった——だがきっとつまらぬものになるかと思えば、いやはや、まさか、これほどとは」

　ワイシャツに包まれた素肌が粟立《あわだ》つ。頬を斬りつけるような剣気。

鬼だ。剣の、鬼が居た。

今初めて——柳生兵衛という男は、柳生兵衛という刀の鯉口を切ったのだ。

決定的に、人間性という鞘を捨てた。彼の中で何一つ矛盾なく——先ほどまでのあの思いやりは嘘ではなく、しかし、今のこれこそが柳生兵衛の本質だ。

どうしようもない、人斬り。

立ち上る歓喜の気配が、彼の髪を乱れさせていた。白炎めいた形に。

「イカレてるわね……とんだ凝り性《アーティースト》じゃない……」

「でなければ、事件屋《ランナー》ランク十位になると思うか？　株式戦争の機動甲殻傭兵《ワタリガラス》も斬ったぞ」

「ジーザス……」

思った以上に凄まじい相手だった。何から何まで。やはり早計だったかと思うくらい——これまでの柳生兵衛とは、違いすぎる。

爛々と、金の瞳が光る。

本物の剣鬼。事件屋《ランナー》ランク第十位。柳生『十』兵衛。

「場所を移そう。そこの二人に、血を見せては、かなわんからな」

気遣う声と共に、今にも愉悦を抑えきれないといった酷薄な笑みで兵衛が笑う。

愉悦に塗《まみ》れた人斬りと、人道的な事件屋《ランナー》の二面を一貫する狂気。

この都市での——最後の戦いだった。

最強の、相手との。

◇　◆　◇

非常扉を開けた先は、寂寥とした通路だった。通路というか、足場だ。

金網と、梁《はり》と、階段と——飾り気のない剥き出しの鉄骨たちで作られた骨格の足場。海上フロートのメンテナンス用の通路と思しきそこに、夜の海風が吹き付ける。

ところどころにある落下防止フェンスの向こうは、暗黒の海だ。墨汁だけを広げたように、どこまでも暗い闇として空と海の区別なく広がっていた。

入り組んではいるが、二人の間には一切の遮蔽物がない。月すらも、眠っている。

強い光の白色灯だけが、思い出したように幾つもの柱のそこにあり、沈黙する目撃者として闇を照らしていた。

冷えついた鉄に足跡が響く。街の明かりは、遠い。陸地の明かりは、遠い。

それでもあの恨めしいほどの円錐ビルディング——《生命の木《セフィロト》》は聳《そび》えている。その足元を遠ざかり、前時代的な死合に臨む二人を見下ろすように。

「……」

アリシアの右手にあるのは、撃鉄を外に出さない三十八口径五連装リボルバー——アミュレット。通称を豆鉄砲《ピーシューター》。サイボーグ相手には火力不足だが、生身を相手には十分だ。

対する兵衛は、腰の二本差し。角ばった大仰な鞘は、充電器を兼ねている。即ちは、生身での使用を前提としていない高周波ブレード。

後ろを歩く兵衛が自然と足を止めた。アリシアも足を止め、向かい合う。およそ、十メートルほど。拳銃がおおよそ狙って当てられる限界の距離で、刀には厳しい間合いだ。

「……ふ、得手としない武器で挑むか」

「どうかしら。遊園地の景品落としよりは簡単かもね。ここ、テーマパークでしょ？」

アリシアの諧謔《かいぎゃく》に、兵衛は頬を緩めない。

そのまま、淡々と言った。

「短銃身、という時点で自白しているようなものだろう？　ガス圧を活かせず、反動を殺せず、威力も低い。心得ある者ならまず用いない。可搬性を除いた全てが欠陥品だ」

「……なら、試してみなさいよ」

図星である。

否——正解である。

電脳のコンバット・プリセットをダウンロードすれば素晴らしい早撃ちはいくらでもできる。筋肉の出力を振り絞れば大口径だって使える。しかし、銃そのものの重さに頼れず、構えの工夫と握る力のみでしか保持できない短銃身の跳ね上がりは——いくら電脳の力でも抑制しきれない。武力と呼ぶにはあまりにも不適格がすぎる。兵衛の言葉は正鵠《せいこく》を射ていた。

だが、それでいいのだ。

銃で解決できる事件に、探偵は必要ない。

それ故に護身用以上の意味合いを持たせぬような拳銃を選んだ。それは、アリシアなりの美学と言っていい。

果たして、

「さて。……その美学を貫けぬ状況で、如何にするかも美学だろう？」

アリシアの内心を読んだようなその言葉。

飄《ひょう》、と海風が鳴った。それが合図だった。

早撃ち勝負ではないが、さながらガンマンの如く銃身が光を舐めて掲げられる。

同時、抜刀した兵衛が中段に構えた。僅かに刀身を傾け、刀を盾にするような位《くらい》を取る。

その刀身に映るアリシアの金髪と、冷たい銃口。直後――夜の闇を裂き、拳銃が嘶いた。

「――な!?」

アリシアは、驚愕した。

弾丸を弾かれたからではない。それは、ともすれば街のサイボーグ相手にすら起こり得る。光通信神経網などのサイバネが可能とした。兵衛ならば、当然実行できるかと踏んでいた。

だが――再度、立て続けに引き金を引く。

ィイインと、鉄の燕《つばめ》めいた羽音が舞う。弾が逸れる。それはいい。そこまでは、頷ける。

（こいつ――――銃を前にしてるのに）

中段からの切り上げのままに上段に構え、そこから右足を踏み出すと共に振り下ろす。

たったそれだけの動き。

だが、ただそれだけに無駄がない。力みがない。動きの継ぎ目が極めて少ない。斬撃と歩法が組み合わされ、或いは僅かに拍子がずらされ、それでも迫る弾丸への切り払いを絶やさぬままに兵衛は接近した。

疾走しながら弾丸を叩き落とすサイボーグは見た。足を止めて重機関銃を払いのけ続けるサイボーグも見た。

しかし彼らは、力んでいた。

それが乾坤一擲《けんこんいってき》の作業のように、力を込めて行っていた――――対して、

「っ、」

更に連続した銃声にも構わず、帆を張って風を受けた船が穏やかな海上を進むが如く、淀みなく行われる運足。

拍が取れない。狂わされる。止まっているのか、いないのか。ここで撃てば当たるという確信の持てぬまま、春風が吹くがように兵衛の剣が瞬き続ける。その度に弾丸が払われる。

斬るのではない。撫でているのだ。薄皮一枚をなぞるかの如く弾丸の際を撫で、薄皮一枚擦るようなその刀身で生んだ回転力を以って弾丸のその飛翔を乱している。

マズルフラッシュ。刃閃と衝突音。兵衛が近付く。距離が詰まる。最早、数歩。猶予もない。

（マズい――――！）

咄嗟に距離を開こうとスピードローダー片手に地を蹴ったアリシアに合わせて――一際の接近。兵衛の頭上を燕の如く翻った切っ先が、袈裟がけに一直線に落ちる。

僅かに、遠いか。アリシアには、届かぬか。

否――金属と金属の衝突音。アリシアの銃を押し下げながら、更なる継ぎ足＝斬撃続行。銃身をなぞるように刃が滑りつつ、切っ先が跳ねた。

横一文字に首へと振られる白刃の一閃。

「――っ、う」

かろうじて、薄皮一枚、空を斬る。

アリシアの首筋に赤く線が走り、ワイシャツに飛沫が飛ぶ――よりも早く振り上げられたアリシアの両足。ワイシャツの裾が白花の如く広がり、剥き出しの白く瑞々しいアリシアの両足ごとその小柄が縦に風車めいて回った。

サマーソルトキック。

そしてバックフリップ。二連続。

流石《さすが》の兵衛も斬撃直後では意表を突かれたのか、手出しはされなかった。だが、それだけだ。

「初太刀は防いだか。まずまずだな」

首筋の傷を撫でながら息を荒らげるアリシアの前に、兵衛は涼しい顔をしている。斬れなかったことへの悔いはない。彼はそこに心を留め置かないのだ。何一つ拘《こだわ》っていない。最終的に斬れればいいとしか、思っていないだろう。或いはそれすらも考えていないか。

アリシアの頬を冷や汗が伝う。

アイポロスの未来予知にてかろうじて回避はできた。

しかし、未来を予知したところで『殺される』ことは判っても剣の動き自体は見えない。閃光が走っているとしか思えず、振り下ろされる刃の知覚と認識は不可能である。

（白兵サイボーグよりもずっと強い……何なの、この男）

青眼を細めて睨みつける先の兵衛が、構えを軽く取り直した。冷たさを増した夜風吹く足場の電灯の下に、白刃が舐めるような光沢を放つ。

アリシアが生き残っている理由は、三点。

アイポロスの未来疑似体験《フォー・シムステイム》。

自分自身の筋肉を物理的に電磁ハッキングすることでの疑似《デミ》・神経伝達速度加速《ニューロアクセレーション》。

そして単に身長が小さく、その分だけ彼との距離が離れており、彼が普通に振るっていてはその物打ちが命中しないこと。つまり、平常よりも踏み込みが求められ、刃の到達にホンの僅かに時間がかかるという点である。

「さて、どうするかね？　柳生相手に無刀取りと洒落込むか？」

銃を失ったアリシアへ、兵衛が笑う。

そうだ。これまで彼は、弾を捌きながらの接近だった。弾丸という障害がなくなった以上、兵衛の武力はより容赦なく降り注ぐ。

アリシアに兵衛への勝ち目があるとしたら、

(サマーソルトは通じたなら……伝統的な武術らしくない動きなら多少は喰い下がれる？　カポエイラでも使う？　あれなら重心低く、体幹も敵から離せる――)

しかし問題は、アリシアの小柄だ。

打撃系の格闘術とは相性が悪過ぎる。よほど綺麗に急所に入らない限りはノックアウトに繋がらず、結果、攻撃の瞬間という隙が増えるだけ兵衛から斬られるリスクが高まる。

何かしら、一撃もしくはそれに等しい手数で兵衛を圧倒するしかない――苦く奥歯を噛み締めた。

だが、光明はある。

(無手で剣術家相手にするには、剣を持つ腕を制するか……足を取るしかない。今の感じなら、剣術に近くない動きなら通じる。なら――)

そして結論を出す。

同時、古城内部のコンピュータを経由。海上故に乏しいオンライン回線に全速力の命令を出しながら、レスリング技法のプリセットをダウンロードし適用。

問題は、如何に当てるかだ。

あの、新陰流独特の——斜め正眼——中段にて斜めに構えた剣を彼我の間に盾にしたような位を、崩さねばならない。視界の先に斜めに座る白刃。切っ先から手元までが攻防一体の兵器である。

（一旦、切り上げさせればいいとして……でも、銃は斬られた。方法は？）

兵衛が動く。同時、アリシアも動く。

銃を放り投げ、仮想量子線《ストレイライン》を走らせた。

その線に発生させた電気によって弾丸に着火。銃身という爆発力を収束させる筒が断たれたために知れた殺傷能力だが、牽制にはなる。

（もう一丁！）

更に青く閃くライン。電灯スイッチを操作し、周囲一帯を暗闇に。

夜の海の恐ろしき暗黒が、一瞬、辺りを飲み込んだ。

甲高く響く音。散る火花。まさに兵衛が弾丸を切り上げたそこへと、膝を抜くような低空のタックル。アリシアの低身長なら、更に低くから兵衛に襲いかかる刃となる。

剣において剣術家の受ける下段攻撃は、下方からの切り上げのみ。

故にこれは剣術家殺しの攻撃である——。

だが、

「対機・新陰流は介者剣術でもある」

何を、と言う暇はない。既に動き出したアリシアの身体は止まらない。

そして何たることか。迫るアリシアの低空タックルに対しての上からの被せ＝総合格闘技《MMA》にもある伝統的なタックル対処法。

地面スレスレの視界が、更に沈み込む。鉄の足場が、迫りくる。胸を強く打った。肺から空気が絞り出される。

更に兵衛は、如才なかった。

「ッ――――!?」

ジタジタと動くアリシアの手足。地に押し付けられたアリシアの背中の、肩甲骨と肩甲骨の上端のその中間に――食い込んだ刀の柄尻。

強い痛みが走る。動きを封じる脊椎の肝所。逮捕術にも用いられる苦痛と重心掌握に、挙動が完全に封じられる。

致命の一撃。絶対の一本。最早、アリシアは死に体だ。

同時、兵衛は片膝立ちに近い姿勢から――その左手が後ろ腰から抜きはなった鋭い短刀。

それが、アリシアの首元に当てられた。

「――つまり、組討ちもできるということだ」

そして、ふと、気付いた。

汗で額に金髪を貼り付けながら見上げるアリシアの目線の先で、笑う兵衛の――眼帯に覆われていた筈の金の瞳が露わになっていた。

左目と同じく。何一つ、傷もない黄金の右目。

（こいつ――――……）

ああ、と理解する。

全てがブラフだ。異種格闘が通じると思わせたのも嘘。片目が見えぬというのに至っては完全な大嘘で、眼帯によって常に覆うことで暗所に慣らしていたのだろう。

何事にも油断のない男だ。欺瞞すら、彼の真剣なのだ。

見誤った。柳生兵衛という剣客を、見誤った。

完全なる、文句の付けられない敗北だ。

あと数ミリ進めれば、この押し当てられた白く輝く刃はアリシアの命を奪うだろう。そのまま、兵衛は言った。

「借り物の技が悪いとは言わないが、使いこなせぬ借り物は単なる借金だ。それはお前の命を取り立てるだろう。……ほう、なんだ。結局、借り物の技は悪いということになるな」

「く……」

「私も、些か拍子抜けだ。お前の本当の力はこれなのか？　これが先に繋がる道か？　その果てにお前は先を見ていたのか？　その借り物が、アリシア・アークライトの全力か？」

何かして見せろと、意地を示せと言っている。

しかし、兵衛に油断はない。アリシアの抵抗に期待しつつ、彼は手心なく命は奪いにかかるだろう。この青年は、そう甘くはない。冷徹な殺傷性と、戦闘の高揚を隠さぬ好戦性。しかしそれでも、依頼のための最大の努力は崩さぬという徹底的なプロフェッショナル。

「……まあ、生憎だが問答は終わりか。不本意な幕引きもまた人生だろう……私も、残念だ」

切っ先が進められるその瞬間に、奥歯を噛み締めた。

アリシアはブレイドマスターではない。グラップラーでもない。ディテクティブで、ニューロマンシーだ。――故の戦いが、ある！

ぷんっ、と飛翔音を立てて突撃するドローン。六本の指を持つ――フロート下層の調査に既に放っていたもの。それが、兵衛の注意を引く。

同時、アリシアを中心に走る仮想量子線《ストレイライン》。容赦なしのクラッキング。最大出力。

その瞬間、地が揺れた。地面が揺らいだ。強烈な衝撃に、さしもの兵衛も態勢を崩し――はせず。だが、柄尻に隙間が生まれた。最早、思考は不要だった。全力で動いた。

突き付けられる短刀を奪いつつ、アリシアは彼の拘束を脱した。

「ほう、地震すら操るとは大した魔術師だ……この衝撃、クレーンか」

「……ご明察」

あの悪魔城付近で違法建築を行っている大型クレーンを操作し、横倒しにしたのだ。重心を弄った状態で旋回させればどんなクレーンも倒れる。よくある労働災害の一種だ。

流石の柳生兵衛は優れた体幹で少しも動じなかったが、強烈な衝撃に物理的にアリシアの背中を押さえつける柄尻に間隙が生じた。そこを突いたというわけだ。

再び、じりじりと距離を空けて――……アリシアは構え、吐息を一つ。小さな身体が上下に揺れる。

「そうね。……見せてあげるわ、電脳魔導師《ニューロマンシー》としてのアリシア・アークライトの本気を。後悔してももう遅いわ」

「ふ、は、はっ。……なに、願い叶ったりだ。さあ、存分に来るがいい」

言われるまでもない。

直後――けたたましく鳴ったサイレン。足場の危険を知らせる警報が、聴覚を塗り潰す。

同時、再びの振動。横倒しになったクレーンの暴動。地揺れには遠くとも、それは足場に伝わり不愉快な揺籃を引き起こす。

石火、上がる銃声。取り落とされたスピードローダーから、弾丸が炸裂する。

すべて、兵衛は揺らがない。この男は、五感のいずれかのみを頼りにしない。潰したところで動じない。心を留め置かぬからこその新陰流である。

だが――だからこそ、それでよかった。

（だったら、使い続けるそれを乱す――――！）

まさに斬撃が迫るその一瞬、世界が明滅した。

比喩ではなく明滅した。オンとオフを超高速で繰り返される白色電灯がストロボめいて光を放ち、世界をコマ送りに千切り取る。

奇怪な残像。閃光の映像。強い光と直後の闇。強制的に視野に襲い掛かる不快な情報の嵐。

視覚に頼れねば、彼は別の五感を用いるだろう。残る全てでアリシアに応じるだろう。先ほどとて、暗闇に視界を封じられてなお彼は止まらなかった。

故に――封じるのではない。活かしたまま、負荷を加えるのだ。

既にアリシア自身が、ジェイスによって味わった攻撃だ。視界を残したままに混乱させるその明と暗の嵐は、さすがの柳生兵衛と謂《い》えども応じられる速度に非《あら》ず。

しかし――ああ、だが、それでも流石は柳生兵衛と呼ぶべきか。

目を閉じることもままならぬその刹那に、それでも、剣の燕は飛んでいた。

翻る一閃。白刃と黒刃に無数の刹那で切り替わる斬撃が、アリシア目掛けて放たれる。

視覚を惑わされるのは彼女も同じく――――しかし彼女には、第六の感覚があった。

蜘蛛糸じみて空間を横断する青白き線――仮想量子線《ストレイライン》。

彼女の意志に応じて電子機器に放射される操作指令は、つまりは電流とは、兵衛の鋼の刃を知る。空気との通電抵抗の違いにより、振り下ろされるその切っ先を識《し》る。

そしてその線が繋がる先は――アリシアの手足だった。西洋人形じみた美貌の少女が、その評価を嫌ってもいた少女が、皮肉にも――今まさに、糸に吊られる操り人形に相成った。

電子の連動。電磁の連携。ニューロンが撃発した。

振り下ろされる刃を横に躱しつつ、アリシアの小柄が、兵衛の両手を抑えにかかる。

芸術的な――実に芸術的な、斬撃に合わせた抑え込み。彼の腕と共に、その全身の体重移動と共に、アリシアの体が地に滑る。

流石の体幹を持つ兵衛であろうとも、己の重心を乗せて放った人斬りの一閃に少女一人分の負荷を完全に合わせられてしまえば――踏ん張ることもできず。

片膝立ちに座り込む彼女と、引き崩された兵衛。そして、鋼鉄の床と脛《すね》との間に挟み込まれた刀身。

ああ、これぞまさしく――――無刀取り。

「んふっ、ははは、ふはははははっ、よりにもよって柳生相手《おれ》に無刀取りを極めるかよ！　なるほどこれは見事に一本取られたな！　んふふっ、はははははは！」

「あたしの勝ちよ！　刀から手を離しなさい！」

「ふ。確かにこの眺めをもう少し堪能したいところだが……」

シャツを掠めていた刃が、アリシアの白く豊満な乳房を露わにしていた。ほんのりと染まった桜色の蕾を眺めて兵衛が笑う。これまで感じたことのない、目の前の青年からの強引な男を感じさせる目線に――アリシアは覚えたこともない恥ずかしさを抱いて頬を染めた。

それでも、この一本を決して離さぬと兵衛の腕を強く抑え――

「俺の得物は、高周波ブレードだぞ？」

「しまっ――」

出力最大。鉄が悲鳴を上げ、床が割れる。

それは角《カド》を落とすように、盛大に床板を両断した。アリシアの体が、宙に浮く。崩れる。落ちる――と思った、瞬間だった。

「大丈夫か、探偵」

アリシアの前腕を、兵衛が強く支えていた。

見上げる先には、大輪の満月のように――いや、半月となった金の瞳。また片目を瞑っている青年が、子供のような笑みでアリシアの視界いっぱいに映り込んでいた。

「怪我は？」

「……殺そうとしといて、よく言うわね。なんで助けてるのよ。おかしいでしょ、アンタ」

「うん？　お前に下に落ちられるのと、俺が手ずから斬るののどちらが確実だと思う？

ここから落ちた程度では、十分に逃げられる人間と評価しているが？」

「……あっそ。この偏屈凝り性《アーティースト》」

ほんの少し柔らかくなった声と表情と共に、それでもこの男は自分を殺すだろうという予感がする。短刀を持っていたら、今間違いなくアリシアに突き立てた。そのくらいにこの男は、仕事にも本気だ。

それが、プロフェッショナルということなのだろう。

剣鬼。

本物の、事件屋《ランナー》。

柳生——兵衛。

◇
◆
◇

大胆であれと、己に言う。

緻密であれと、筆は言う。

筆が、渦を描く。緩やかに渦を作った墨汁に浸した筆は、その渦を——墨の濃淡をその身に蓄える。それが、紙面の上をなぞるその時に——躍動する黒き川の潮流めいたグラデーションとなる。

その一筆を紙面に捧げるまで、真の意味で、何が生まれるかは分からない。

指先に込める力が、押し当てられる筆の先が、その加減が、どの一筆も二度と起き得ない奇跡の如く異ならせていく。

ある意味で、研ぐことに似ていた。

紙という鏡を前に、己を研ぐ。

その一筆は、本当に、己が生みたいものだったのか。それは、本当に、この世に生まれるべきものだったのだろうか。

奇跡だ、と思う。奇跡を作っているのだ。

狙い通りに生まれてしまった一筆。狙い通りに生まれてくれなかった一筆。狙いを超えてそこに生じた一筆。やり直しのできないそんなものを組み上げて、己の心の中にしかない渦を拾っていく。

靄を生み、煙を作り、光と闇を、風の流れを、見えない音をなぞっていく。

どこまでも――どこまででも。

自分自身でも見詰めきれない心という渦を、一瞬、紙面に繋ぎ止める。

頬から汗が流れなくなるほどに向き合い続けた、無限の連なりにも等しい一瞬。すべての線を入れたそのときにそれは完成し――完成したその時には、己の心とは離れている。

だから、何度でも向かい合う。何度でも向かい合える。

苦しさが、ある。渇きがある。焼けつくような焦燥と、粘りつくような倦怠がある。一人で地獄の釜に向かい合っているように、或いは垂らされた蜘蛛の糸を上るが如くに、途方もない息苦しさがある。

それでも止められなかった。

それでも止まらなかった。

大きな筆でなぞった渦に向けて、墨が乾き切らぬそのうちに、小筆で更に小さな渦を重ねていく。小さな目玉の連なりにも見えたし、或いは緻密な生体機械にも見えたし、もしくは宙に啓《ひら》かれた亜空の奥の悪夢にも見えた。

これは、果たして、己のどの心なのだろうか。

そんなことを頭のどこかで思いながらも、筆は走る。細かく、荒く、速く、緩やかに、小さく、大胆に――……そうやって己というものを筆に捧げることを愛していた。

いつからか。

そんな自問自答のような絵を好きと言ってくれる女性ができた。

いつからか。

そんな絵と同じぐらいに、或いはそれ以上に繊細に抱きしめたい生命を授かった。

いつからか。

それらが全て――……色褪せた。

自分の心の中にあった摩訶不思議で尽きることのない渦は、枯れていた。

◇◆◇

いつから、壊れてしまっていたのだろうか。

サイモン・ジェレミー・西郷は、呆然と、石牢めいた部屋の天井を見上げた。

娘は、床に横たわっている。寝顔はずっと変わらない。寝ているときは、娘は、娘としていてくれる。

ああ――と、皺だらけになった己の両手を見た。

いつから、だろうか。

こうして眠る娘の首を絞めることを、考えなくなったのは。

そしていつから、自分は、娘のことを殺そうとしていたのか。

不幸な事故と言ってしまえば、それまでだった。実に奇跡的な確率だと、謝罪でも言い訳でもないような言葉をその担当者が言ったことを覚えている。

配送中のドローンの落下事故。

それに、妻が巻き込まれた。結婚祝いの日だった。

あれは自分が作業に熱中してしまって、いつもそんなもので、いつからか外へのデートをしなくなった。保育用のドロイドがいるとはいえ、一人寂しく家に置いて行かれる娘のこともあり、なおさら、家で祝うようになっていた。そんなときだ。

ケーキが崩れては困るからと、妻は、その足で店を訪れることを好んだ。そして、市街で空中配達を行う配送屋のドローンが突如として機能停止し、通りを歩く妻に目掛けて落下した。十一階建て。そこから、植木鉢を落とされたようなものだ。本来なら法的に禁ぜられる筈のその高度の飛翔も、企業の役員という点から通された無理が道理を覆し、その事故は起こった。

配送屋はドローンの製造元を責め、ドローンの製造者はプログラムの作成者を責め、プログラムの作成者は規定外の配送を責めた。そしてそれらの企業間の綱引きが起きて、そこでの裁判が起きた。裁判と言うよりは、互いの失点を別の何で補うかという取引だ。遺族は、置き去りにされた。見舞金も、それが終わるまでは、払われなかった。

そんなものの終わりより、葬儀の終わりの方が早い。

せめて、妻の遺骨を手元に置きたかった。本当なら土葬がよかったが、それを行うだけの資金はなかった。いや、借金をしたうえでも難しかった。

それからだ。

それから、その金を返すために絵を描いた。

幾枚も幾枚も。

妻が作ってくれていた娘の衣装はいつしか着れなくなり、まだ年若い娘の裸体を何枚も何枚も描いた。低俗で、醜悪で、即物的な絵。それを、多く、描いた。

ああ――……と、考える。

絵は売れた。飛ぶようにとはいかないが、それまでのように画廊に頼むこともなければ高額な画商やレビュアーに頼って付加価値や評論文を付けることもない。あちらから頼まれて、売る。そんな立場に代わっていた。

娘は、その裸体を人々に晒してしまうことも、受け入れた。

それでも――……それでも父様の絵が好きだと、言ってくれた。

だから、だろうか。

「……すまない、アカネ」

どうしようもない殺意を抱いたのは。

余人にどう言われても構わない。大衆も、画商も、依頼者も、評論家も、それを褒めそやしても彼らに初めから理解ができるとは思っていない。どうでもいい商業活動で、そんな大衆好みのものの中には、自分の描きたい色を加えていない。

だから、どう言われようと構わなかった。

いや――……口さがない人間に、娘をダシにしていると言われるそのときには、殺意が募った。自分の腕ではなく娘というモデルのおかげだと言われることは我慢ならなかった。

本当の自分の絵ではない。こんなものは、自分が描きたいものではない。こんな低俗が
過ぎるものを世に広めることが恥ずかしい。死んでしまいたい。誰にも誇れない。

なのにそんなものを――娘は、誇るのだという。愛おしいのだという。

前の作品に向けるような目で。

彼女は自分に、そう言った。唯一の肉親が。どんな稼ぎ方をしても、健やかに育って欲
しかった娘が。そんな、最低の言葉を口にした。

それからだ。

それから筆を執るたびに、娘を切り刻んだ。キャンバスの中で幾度も殺した。走らせる
墨の線は刃であり、刻まれる水滴は娘の血肉だった。そうだ。決して生と死の幽玄ではな
く、あれは死だった。殺人だった。死んでくれと、幾度も考える自分がいた。

そして皮肉にも――ああ、皮肉にもそれが自分の画家としての評価を高めた。

娘はやはり、それでも、小さく笑いながらその絵が好きだと言った。

殺意は、抑えられなくなっていた。それをただ絵画にぶつけていた。

きっと、それが――――それが最後の一押しだったのだ。

「父様……そこにいるの……？」

地面に横たわるアカネが、ぼんやりと目を開いた。

妻に似た月色の目。それが満月のようで、プロポーズは、それに準《なぞら》えた言葉だった。

いつしかそれが、苦痛になっていた。その目を向けられることが。

そしてそれは、娘も同じだった。

「すまない……すまない……私のせいで……！」

蹲るように、言葉を吐く。

娘の決定的な破壊を齎《もたら》したのは――ある電脳アプリだ。

違法な電子ドラッグでこそないが、似たような効果を齎すもの。ストレスの緩和と多幸感の演出。いつからか娘は、そんなものに頼ってまで自分に笑顔を向けていたのだ。

思えば、当然だ。

幾年もモデルを務めてきたのだ。キャンバスに向かい合う自分が何を考えているか、どんな目で見ているかなんて、彼女こそがよく知っているだろう。

それでも妻のために負った借金と、娘を育てるために描く絵画のために彼女自身が言葉を飲み込んだ。幾つも湧いてくる不安と恐怖の言葉を飲み込んで、たった一人で抱えて、父を、勇気づけていた。

なのに――……自分はそれにすら気付かなかったのだ。気付かずに、愛しい一人娘を憎み続けた。どうしようもない二律背反の感情に、娘を巻き込んだ。

そのツケが、回ってきたのだ。

ゴルトムンド・ロット訴訟事件――ある製造ロットの補助電脳《ニューロギア》の重大な欠陥が人格に損傷を齎したという電脳事故。

娘にそれが現れる最後の切っ掛けになったのが、そのアプリだ。

そして――それは規定外の使用とされ、娘の人格損傷は補償の対象に含まれなかった。

あれだけ打ち込んだ筈の絵画が、いつからかただの資金集めの一環となり、そしてそれすらも失った。

……ああ、なんてことはない。

少女探偵には、外から来るものが全てを奪っていくと告げたが、違う。

内からだ。絵画を描きたいほどの内からの衝動が、制御しきれない情念が、積もり積もった自分という人格がそれを起こしたのだ。何が悪い訳でもない。

サイモン・ジェレミー・西郷がサイモン・ジェレミー・西郷でなければ、こんな悲劇は起こらなかったのだ。

それを、悔やんでも悔やみきれない。

「すまない、アカネ……すまない……！　私のせいで……！」

そうでなければ、満月のような無垢な視線を向ける娘には――違う未来が用意されていたのではないか。

そう、口から慚愧《ざんき》の念を漏らした時だった。

「大丈夫よ、父様。……わたし、分かってるから」

落ち着いた、静かな――幼さの消えた娘の声。

思わず、目線をやった。

娘は、ジェレミー・西郷を見ようともせず、天井を見上げながら呟いた。

「父様……わたし、本当は気付いていたわ。なんでここにいるのか、どうして父様がいつも悲しそうにしているのか……わたし、分かっていたのに……目を背けてたの……」

「……！」

「ごめんなさい、父様……わたし、嬉しかったの……！」

娘のその独白に、止まる。

サイモン・ジェレミー・西郷にとってそれは、意外だったからではない。

ああ――同じなのだ。同じであったのだ。

己の中の深い穴蔵の――そのまた奥底にあった想いと、全く、同じだったのだ。

そうだ。

幾度と、娘を殺したいと思っていた。ここに来る前は、ずっとそう思っていた。だが――だが。この街に来て、壊れた娘と暮らして、こうして生きていく間にそう思いはしなかったのだ。

娘の言葉と、自分の想いが重なる。応答する。交じり合う。

「父様がわたしのお世話をしてくれて」

――もう、娘を裸婦にした低俗な絵を描かずに済む。

「わたしのことをちゃんと守ろうとしてくれて。父様の全部で守ろうとしてくれて」

――もう、娘を道具にしなくて済む。

「大好きで大事な大事な絵も捨ててこんなところにまで来て」

――もう、娘を憎まずに済む。

「父様の全部を投げ出してわたしに使ってくれていることが、どうしようもなく嬉しかったの……！」

失墜と破綻を宝物のように抱き締める娘。

それを愛おしんだ娘。

それほどまでに焦がれ狂ってしまった娘。

少女らしい幼気《いたいけ》さと男を惑わせその身を捧げさせる毒婦の顔が入り混じってしまった娘。

……ああ、そうだ。

今になって、娘が壊れたのではない。

とうに――とうに家族は壊れてしまっていたのだ。

癒える筈がない。

治る筈がない。

だって、とっくに、それは破綻していたのだから。治る先なんてないのだ。

世を恨んでも。

企業を憎んでも。

怒っても、悲しんでも、苦しんでも――その全てが事実とは違う。だって、ああ、こんなにもどうしようもなく――仄暗い喜びの中に居たのだから。

そうだ。堕ちていくのは、悦びだったのだ。

堕ちながら、沈んでいく。ともに、誰も手の届かないところに沈んでいく。――もう奪われないでいい。もう奪わせない。誰にも犯せない。

これが、この家族の至るべき幸福であったのだ。

サイモン・ジェレミー・西郷と、アカネ・アンリエッタ・西郷は――遥か昔に壊れきっていた。

己たちが作り上げた幽玄の美を現す墨絵のように。

死と生の境が崩れ、輪郭が曖昧に果てた墨絵のように。

死生。化生。性愛。寂滅。破戒――……此処には、とっくのとうに、人間はいなかった。

「……じゃあ、もう、いいかい？」

腹の底から、ぽっかりと声が出た。

静寂として――すべての憑き物が落ちたように。或いは逆に何かの憑き物に魅入られたかの如き声で、父は娘に手を伸ばした。

「いいわ、父様……もうわたしは、いいわ」

娘はそれに、風に靡《なび》いて散っていく砂山のような声で応じた。

ジェレミー・西郷が、床の上に転がった拳銃に手を伸ばす。

気付きたくなくて、気付きたかったこと。

どうしようもなく救えないと知ってしまうこと。

お互いにその思いを抱えたままここまで来た。失楽園の如く、その堕落が望ましい。二人とも壊れて落ちきることで、ようやく、父と娘は再会した。

もう、これを、崩されたくない。自分たち以外の誰かの手で。どうにもならない外の力で、ようやく得た絆を、崩されたくない。

幕引きにしようと――引き金に指をかけ、

「……さっき、あの探偵の彼女は、なんて言ってたかな」

ふと、彼の口からはそんな言葉が零《こぼ》れ出た。

◇

◆

◇

風が吹く。宵の風が。

腕と腕を握り合って宙吊りにされるような形のそのまま――アリシアは考える。

下着を着けないワイシャツだけの姿に、海風は冷たい。

それよりも肝を冷やしているのは、別のことだ。

柳生兵衛――対機・新陰流の使い手。油断のない剣客。白髪剣鬼。

彼はここまで、対機・新陰流の業を使っていないのだ。

（コイツは、まだ、底を見せていない……）

勿論、アリシアがサイボーグではないということもある。それは大きい。そして、基本の体捌きや歩法や剣技は紛れもなく新陰流のものである。

だが、それでも、まだ柳生兵衛の底ではない。

あの、猛火の如く猛り狂ったアカネ・アンリエッタの攻撃を躱し続けた不可思議な歩法。

あれも見せてはおらず、彼は手札のすべてを露わにしていない。最悪なのは、間違いなく先ほどの無刀取り――無刀取りとは特定の技法ではなく素手で刀を制することを指す――で確実に彼に火が点いてしまった。

これまでより一層の容赦なく、剣を振るうだろう。

彼の依頼人であるジェレミー・西郷が考えを一転させて止めに来ることを期待しないわけではないが……どう考えてもそれより、兵衛がアリシアの首を刎ねる方が早い。

第一、見知らぬアリシアよりも自分の娘を優先するだろう。そういう愛が深い父親だ。助けは、期待できない。

(どうやって……倒せばいいの……？)

苦渋に顔を歪めるも道筋は示されない。

探偵の仕事の域を超えている。始末人《モンド》を本業とする男と刃を交えるなど――それ自体になんの謎解きも調査も絡まないなど、荒事解決などどう考えても自分の手に負えない。

これが推理ドラマなら欠陥品で、B級アクションを名乗った方がいい。推理もそっちのけで機械仕掛けの殺人ドロイドよりも恐ろしい剣鬼と決戦をさせられるなど、探偵も人型強襲兵器に乗り込んで推理をすべきだろう。クソッタレだ。どうしてこうなったのだ。

嘆いても、現実は変わらない。

そう思索している間に、彼に床上まで引き上げられる。

何を悩んでいようがいまいが、それで、終わりだ――。

(――いいえ！)

思った瞬間、仮想量子線《ストレイライン》を兵衛目掛けて走らせた。

操作できるのは電脳に限るが、電気を流すのは生体だろうと関係ない。高出力を叩き付ければ、生身であろうと昏倒させられる。

だが――

「通じると思うのか、俺に」

殺気だけで不可視の線を見切った言葉と共に、彼の手に握られるアリシアの左腕が弾けた。皮膚が引き裂かれ、肉が潰され、血管が破かれ、骨が砕かれた。

尋常ではない握力の一撃。彼は素手で人体を完全に破壊できる身体能力を持っている。

だが、

「通じると思うの？　それがあたしに！」

苦痛による行動中断を見込んだであろう兵衛のその一撃は、アリシアの痛苦たり得なかった。既に痛覚は排除済み。この限定的すぎる状態では、流石の兵衛も的確な一手が打てなかったのだ。

そのまま、仮想量子線《ストレイライン》は彼に伸び――しかし身を捻った兵衛は、アリシアを手放しながらそれを回避した。

結果、宙を舞うアリシアの身体。兵衛が右手で刀を構えるも、遅い。

不敵な笑みのまま、

「地獄《アスタ・ラ・ヴィスタ》で待ってるわ、浪人《ローニン》」

右手の親指を返す。

それこそが狙い通りだったのだと、光なき暗闇目掛けてアリシアは落下する。

三度目の。

三度目の、戦いだった。
まさに失楽と破綻を現した悪夢めいたこの都市の——その、地の底で。
それを乗り越えねば、事件は、終わらない。
探偵としてではない。
事件屋《ランナー》として——立ち向かわなければ、ならぬのだ。

chapter8:

雷刃／無門眼——ブレイドダンス・ショウダウン

GOETIA SHOCK

Goetia Shock I
Cyberdetective Alicia Arkwright
and
Ink-painted nightmare

【対機・新陰流】［名詞］Anti-machinery ShinKage-Style

少なくともその源流は新陰流という剣術であった、と記録される。

武術の欠点は、その習熟に時間がかかりすぎるという点と、如何に磨いても人知を超えた速さで飛来する弾丸にはなすすべがないという点だ。しかしながらサイバネ技術の発達と補助電脳《ニューロギア》による人体制御が成り立つ現代において、それらは欠点たり得なかった。電脳にて行われる身体制御プログラム——という形での技術の伝達。そして、銃器が絶対的な優位を保てなくなった状況においては、近接戦闘技術に一定の利が生まれた。

やがてそれらの隆盛により必要とされていくインファイト技術の中で、特に、対サイバネティックスを念頭に置いた武術は頂点に近い位置づけとなる。

対機・新陰流というのもその一つだった。

拳銃を取り出すよりも早く掴みかかり、或いは弾丸をも叩き落とす。そんな絶対的なサイバネ強者に対して、彼らの天敵となるべく作られた剣術。しかし悲しきかな——そんな技は、生身の人間が扱うよりも、サイボーグが扱えばこそより強力なものとなる。

対サイバネティックスを掲げた剣術は、今や、そのサイバネティック技術と文化の中に取り込まれた。

それは寛容なのだろうか。それとも、変容なのだろうか。

「人の様々のわざ、きどく、皆、心《しん》のわざなれば、又、天地《あめつち》にも此心《このしん》あり。而《しか》して、機械《からくり》をや」

◇◆◇　Goetia Shock　◇◆◇

銃器が必ずしも優位を保てなくなったことには――二つ、理由がある。

一点目。そも、人間が銃器に対抗し得ないのは筋肉の性能ではなく生体電流の限界速度の性能によるものであるということだ。筋肉自体の通電からの反応時間は、二百五十分の一秒。これは約十五メートルの距離から四十四マグナム弾を発射されても回避可能である、という時間だ。そして弾丸そのものに対してではなく、射撃の前兆挙動に対してであればこの距離はより縮まっていくであろう。ならば神経伝達速度だけでも改善すれば、人は弾丸への対処が可能ということだ。

この伝達速度の加速を、補助電脳《ニューロギア》やそれに類する成長型ファイバー素子が為した。

そして、二点目。

そもそも銃器の絶対的に優位な殺傷距離というのは酷く限られてしまうということだ。

例えば、銃器をホルスター等にしまっていた場合、おおよそ七メートルの距離まではナイフ等の刃物の方が殺傷に対して優位であるとする研究結果が存在している。

拳銃の到達飛距離とは別に、概ね常人が狙って当てることのできる有効な距離というのは実のところそう遠くはなく——概ね十メートルか——この距離の限界から刃物が優位である距離を差し引いてしまうと、それは極めて限定的な長さとなってしまう。

つまり、拳銃に対して身を凍らせたり竦ませたりするような隙を考えなければ——それらの感情を眠らせてしまって行動できるのであれば、銃は必ずしも優位ではない。

更に、地下要塞や移動要塞なども含めて、より近代化・複雑化・密閉化していく市街地の中で多発した不意の遭遇戦。そうなった際には必然的にクロスレンジでの戦闘となる。

そんな様々な要因から——銃火器以外の近接武器に対する運用術というのは、どれだけ文明が進んでも失われることはなかった。

サイバネ装備による近接白兵戦闘距離《クロスコンバットレンジ》の増大。

銃火器よりも容易に入手が可能な自衛兵装の拡大。

補助電脳《ニューロギア》や強化神経線維による反射能力の拡張。

それらの複合によって、近距離戦闘技術の習熟が求められ——そしてある近距離戦闘技術が生まれれば、それに対抗するための技術もまた求められる。

機械化される人体と電脳空間が拡張したこの現代において、武術というのは、だからこそ強く存続している。

磁圧・寸勁《すんけい》、赤霄蟷螂拳《せきしょうとうろうけん》、超電フライホイール・蔡李佛《さいりふつ》、サイバー・アイキ、プラズマ・デストレッツァ、鋼線オークフェンシング、触手居合術——……。

絶やされることなく。人類という獣が持つ、営みの一つとして。

◇◆◇

少なくとも——それを判断してからの兵衛は、素早かった。
落下よりも駆け下りたほうが速い。
飛び降りる直前に足場の床を蹴り付けた反動でどれだけ勢いを付けようとも、この高さであれば落下速度は空気抵抗によって概ね一定の速度に落ち着いてしまう。兵衛にとってそれは、己の生む速度よりも遅すぎるものだった。
ならば——と、己の立つ足場の風吹き抜ける廊下の先、睨むは扉。巨大な海上フロートを支える脚塔内部に作られたメンテナンス階段に繋がる扉。

そのまま、笑った。

錆《さび》色に満ちた鋼鉄の骨組みとも言える足場に風が吹く。黒色の風が。

いや、風と言うよりは流れる水だ。斬撃という弧を描いた銀風を纏った水だった。それが、ところどころ塗装が剥げて剥き出しになった足場を流れる。よどみなく。

火花が散る。弧の火花が散る。奔る。

無事に着地を済ませるであろうアリシアへの範囲攻撃として鋼鉄の足場を断ち落とすままに、そんな宙の破片を足場代わりに駆け流れ——彼の身体はその扉へと駆け込んだ。

そして、獰猛な笑みを一つ。

瞬間、幾度とピンボールめいて跳ねる疾風。脚塔内部に幾重にも折りたたまれたメンテナンス階段が、その壁が、砕け散る。空気抵抗による減速が発揮されないほどの短距離跳躍の連続で、柳生兵衛はフロート最下層——かつての大戦で使われるべく増設された橋頭堡《きょうとうほ》の、その上にうず高く積もったジャンクヤードへと降り立った。

錆色の、鋼鉄の墓場。

折り重なった鉄と塵と屑の大地。今やそれは、頭上の巨大なフロートに陰って月明かりも届かない暗黒と化している。

それでも、遠くに望む影絵の中で窓明かりを照らした街並みや、遠景に不知火《しらぬい》めいた舟明かりを並べた海や、それらの真上に広がる空とは黒の色が違った。闇の色が違った。黒や闇にも、色の違いがあった。潮の匂いと重金属が入り混じった空気は、仄かに廃棄場のジャンク品の足場よりも薄く明るかった。

「あの辺りかね」

その時、丁度————彼に遅れて、切り刻まれた足場が、質量弾の如く空から廃棄場の鉄屑の上に降り注いでいた。つまりは、アリシアもその辺りに落ちたということだ。

さて、と。一度は腰に収めた刀を抜こうとするか。そんな途端だった。

突如感じた背後からの気配。

鞘の撃発スイッチ。抜刀。腰を捻って振り向きつつ————反射的に迫るそれを叩き落としながら、兵衛の金の目が僅かに見開かれる。

今まさにその両腕を刀によって————しかしそれより遥かに以前に頭部を失っていた無残な裸体を晒すガイノイドが、兵衛に掴みかかろうとしていたのだ。見れば他にも、そのようなものばかりだった。廃棄品の山という山から、部品を奪われた人型機械やひしゃげたドローンたちが音を立てて立ち上がる。

機械の怨霊か。現代社会への怨念か。

さながら、軍勢だ。死したる機械の軍勢だ。

崩れかけの死骸じみた自動人形たちが、墓場から蘇っているのだ。

「んふっ、ふふふふっ、ははははははっ！　死んだ機械すらも操るかよ、電脳魔導師《ニューロマンシー》！

死霊術師《ネクロマンサー》もさながらだな！」

雲霞《うんか》の如く訪れるドロイドの死体たちを前に、柳生兵衛は髪をも逆立てんばかりの歓喜の笑みを浮かべる。

その手に握るは白刃。

足場は海上に踊る船よりも頼りない瓦礫の足場。

そんな彼に目掛けて、機械の死霊の行軍《マーチ》は開始された。

◇　◆　◇

この都市の最下層は、戦時中に作られた橋頭堡を元にしている。

かつて廃棄された兵器や足場や陣地の上に都市上層の廃棄品が堆積し、企業都市から送られる廃棄品の中でも特に使い物にならない道具ばかりの行き着く果て。電源も抜き取られたドロイドや、どうしようもない食べ残し。不要になったオブジェすらも捨てられた——見捨てられた海上都市の、更に見捨てられたジャンクの行き着く先だ。

それでも、日中に最下層の調査に出していたドローンによってこの場の地の利はアリシアにある。果てのその先がすぐに海となっている六角形の足場。幾年にも渡って堆積した錆色の鉄屑の足場の全景や全容を、概ね把握を済ませていた。

着地姿勢プログラムは、仕事を果たした。少なくともそれに誤りはないと、握り潰された片腕に圧迫止血を行いながら、アリシアは決意する。

（あたしの仕事は……依頼人に今回の件を報告すること……あの男は、それを握り潰そうとしている……だから――だからあたしが探偵を名乗るなら、避けては通れない戦い）

何故だとか、どうしてだとか考えるのは止めだ。嘆くのも止めだ。

真実を覆い隠そうとしているものが居るなら――それが暴力であれ、隠蔽工作であれ――そんな相手がそこにいるなら、それと対峙することは他ならぬ探偵としての役目だ。

そう、強く決意する。

柳生兵衛こそがこの事件の――実体を持った最強の謎なのだと。

（仕掛けは済ませた……細工は流々、あとは仕上げを御覧じろってところね）

この暗闇において――柳生兵衛がアリシアを探るのは、アリシアが彼を探るよりも難しい。電脳で接続した機械の赤外線カメラで彼を捕捉しつつ、アリシアはそう頷く。

あの怪物めいた身体能力と、未だに振るわれない対機・新陰流の業《わざ》。

アリシアと兵衛の差は大きく――その中で、順当なる勝ち筋は、一つだ。

そのためには物量作戦にて生身である柳生兵衛を疲弊させ、ドロイドの群れにて彼を取り押さえる。それしかないと、アリシアは思考し――――……そしてそれは中断された。

（……炎？）

初めは見間違いであるかと、思った。

闇の中に、鬼火が、灯っていた。鬼火が踊っていた。暗黒の鋼鉄の墓場の山が、炎に彩られていた。阿鼻叫喚地獄の炎もさながらに、彼が歩んだその道には燃え上がるドロイドの残骸が残されている。

馬鹿な、と思った。

アリシアの放つ仮想量子線《ストレイライン》に吊られた無数の自動人形たちが、炎上する。彼が死人めいたドロイドを切るたびに炎が吹き出す。ドロイドの内から。伝奇映画めいて、その剣は機械の死者を内部から燃え上がらせるのだ。

高周波刃の摩擦を利用したのか。

あまりにも現実離れした光景だった。身の内から火を出した機械たちが、その死骸が、膝を突く。その一撃で次々に止《とど》めを刺されていく。多少の斬撃ならば物ともせずに戦闘を続けられる筈の死者の軍勢が、暗闇に咲く一閃で、火を噴き出しながら沈黙していく。

何より――その炎の死骸たちは、それ以上アリシアの操作を受け付けなかった。

サイバネ殺し。

ただ頑健で強靭なるサイバネを斬るための剣技ではない。業《わざ》とは、一つの動作に二つ以上の意味を持たせ、その意味を続けて紡いでいくからこその業《わざ》である。故に文字通り、彼の剣は何の比喩でもなくサイバネを殺すのだ。

対機・新陰流――――先ほどアリシアには用いられなかったその技が、このガラクタの山で、何一つ惜しみなく振るわれていた。

アリシアが地の利を得、その技能を存分に用いるのと同様――。

ここからが、柳生兵衛の本領発揮であった。

剣鬼が、牙を剥く。

この調査のすべてを、此処の墓場と共に葬るために。


――同時刻。

草木も眠る丑三《うしみ》つ時に、荘厳なる大図書館の内に腰を下ろした暗黒童話的な少女が、その手にした本の背表紙を撫でる。

星の図書館に収集した人間の経験の一冊。

新たに手にしたそれがアリシアへと手渡されることはなかったが、しかし、カレンはゆっくりとページを捲《めく》る＝合わせて電脳で再生される映像。

その小さな唇が、言葉を紡ぐ。

『対機・新陰流の技は、斬鉄を前提とする。その上で牽制の技でさえ、サイボーグに対しては必殺となる……ね。それはすべて、剣を、回路として扱う』

電脳魔導師《ニューロマンシー》を現代に現れた神話的存在と称するなら、それ以外の奇跡は既に打ち砕かれている。故に――その剣は何一つの超常を持たず、すべてが合理に基づいた術理である。

単純な物理学。それを元にした工学。

超常なく、それらを下敷きに振るわれるだけの剣。

事実、柳生兵衛は機械工学と電気工学の学位を有していた。

そう、すべては、歴然と起こる現象だ。ただ現象を引き起こしているにすぎないのだ。

まさしく同時刻、海上フロートの戦闘にて、その現象は発現する。

柳生兵衛に殺到する皮膚が剥がれたドロイドが、豊満な胸を震わせながら幾重にも飛び掛かるそれらが、二体まとめて貫かれる。片方は胸を。片方は首を。

そして、その一撃にて主要制御中枢を突きさされ――謂《い》わば即死したものだけではなく、もう一体も狂ったように頭部を震えさせて戦闘不能に陥った。

『電源までを剣で貫き、装置に過電流を流す……』

――対機・新陰流【天絡剣《てんらくけん》】。

電源から電力を伝える電力ケーブルと、内外センサーの信号を伝えるケーブルは別のものだ。信号には、それほどの電圧は必要ではなく電流も求めない。だというのに――その二つが伝えられてしまう。繋げられてしまう。

以って――装置は破壊される。

或いは、袈裟切りに分断されて倒れてなおも兵衛の足を掴まんとするドロイドがいた。

その隙に、羽交い締めのように彼を抑えようとするドロイドがいた。

しかし、ああ——見るがいい。その腕は兵衛を捕らえきるには足りなかった。機械であるというのに。金属のその体は、人間よりも遥かに高い馬力を持っているというのに。

否。そんな彼らの四肢を穿ちつつ、既に地面に触れていたその切っ先。

『剣をアースに、電気を逃す……』

——対機・新陰流【地絡剣《ちらくけん》】。

装置の持つ電気抵抗よりも低い抵抗の大地に目掛け、電流は逃げる。それを以って必要な出力を殺し、その機械である利を殺す。地絡という現象を、或いは事故を、剣という回路を以って再現する対機・新陰流の業《わざ》が一。

これにて特に、下段への斬撃はそれだけでドロイドの膝を折らせる剣となる。切っ先が地に触れる瞬間に、彼らの動力は流される。

これらは、型ではない。理念だ。振るわれる新陰流そのものの業《わざ》に、機械破壊を付与してある。如何にすればそれが為し得るか、その流派は研究を重ねている。

伊達や酔狂ではない対サイバネ。

そして、迫る軍勢をまさしく一閃で断ち分けるかの如く、柳生兵衛はアリシアの下に向かう。止まらぬ剣戟。終わらぬ斬撃。死活の剣。流麗に放たれる一連の剣閃は、吐息一つも乱さぬままに彼をその場所まで押し上げた。

鬼火が舞う。

残骸なる山の中で、獰猛に笑う一匹の剣鬼。

対するは金髪を二つの尾のように靡《なび》かせた矮躯《わいく》の探偵。

「さて、如何《いかが》する？」

友好的な——しかし獰猛で凄惨な笑みを浮かべた柳生兵衛と苦渋を噛み殺したアリシアは、丘めいて積もった廃棄物を足場に向き合った。

遠景に望む都市の明かりが、漁《いさ》り火《び》めいて対岸に咲き誇る。

ぬらりと闇を舐める青年のその手に握られた白刃。刃のみを既製品から挿《す》げ替えた打刀。

それがいよいよ、アリシアの小柄へと斬りかかった。

だが——当然彼女とて、むざむざとそれでは終わらぬ。兵衛が踏みしめた瓦礫の山から腕が飛び出し抑えかかり、或いは同様に側方から飛び出した腕にて投じられた飛行ドローンが涙ぐましくも軌道を変えつつ襲い掛かり、或いはまさしく人で生け垣を作るかの如くに剥き出しの骨身の人形がアリシアを庇い立つ。

ああ、だがそうだとして——

『剣を導線に、人体へと電撃を流す』

——対機・新陰流【人絡剣《じんらくけん》】。

ドロイドを断ったその切っ先が彼女の肩に触れると同時、下着もなくシャツの下に詰め込んだ大粒の果実を震わせながら、アリシアは痙攣した。彼女の皮膚を濡らした汗と、流れた血。それが生んだ抵抗の減少が、剣という金属の回路を通じてアリシアへの電撃を齎すに至ったのだ。

敵の機械の腕を用いた防御の上から切りつけ、防がれたとしてもその本体をも葬るという対機・新陰流の業の一つたる【人絡剣】。サイバネ――人体にほど近い高出力の機械をそのまま、己の武器に転じさせる。一太刀が二つの意味を持つ。

そして、天絡・地絡・人絡と来た上で――最も電気と回路を扱うにおいて、防がなければならない事故がもう一つ。

「――――ッ、来なさい！」

肩口の出血と電撃に身を凍らせた彼女へと追撃の切り上げが見舞われるより先に、足場のスクラップから飛び出した影が二つ。一つは墓場から蘇るゾンビめいた腕で、アリシアの奥襟を引きつけ彼女を致死の圏内から脱させるため。もう一つは、如何なる冒涜的な美的感覚から世に生まれたのか、人の胴が幾重にも繋げられ蜈蚣《むかで》めいた長い手と胴を持つ悪魔的醜悪さのドロイド。どこぞのアーティストの凄惨で陳腐なる自己実現の一環にして、今のアリシアにとっては紛れもない切り札の一つ。

それはある種の、人身を利用した竜じみて。

一本二本と腕が落とされたとて、未だに屈することはなき――と示すような涜神の化身が如き人体蜈蚣が、その複数なる腕と長大なる胴を振り付ける。

強烈な風切り音。

質量と速度を込めた打擲を彼に目掛けて叩き付けるまさにそのとき、男は笑う。

「対機・新陰流――――」

果たして、それは本当に彼の言葉だったのだろうか。

己が繰り出す技を告げるほど、柳生兵衛は善良さも外連味《けれんみ》も持たない。或いは偶然ときを同じくしたカレンが呟いたのかもしれない。

だが、その名に間違いはない。

下段から剣を巻き返すように胴打ちに転じたその刃が、蜈蚣の胴へと吸い込まれ、

「――――奥義【雷心】」

醜悪なる蜈蚣のその身の内から、火が生じた。

電気を扱う上で、回路を扱う上での最も恐るべき事故。それは――短絡《ショート》だ。

組まれる回路は、その回路に繋がっている装置や配線の持つ抵抗を前提としたものである。流れる電流が、かけられた電圧を電気抵抗で割ったものという電気に関する式があるように、機械のその内部においては、ある装置が必要とする電流をそれまでの抵抗等を加味した上で電圧をかけて生み出している。

だがここで――それらの回路が短絡《ショート》を起こしたなら、どうなるか。

短絡《ショート》とは、文字通りその名の通りに回路が短く繋がってしまうことだ。その間の、ある筈だった抵抗たちを飛び越えて繋がってしまうことだ。

そんな、ある筈の抵抗を飛び越えて電圧が加えられたらどうなるか。

本来直接加えられるべきでなかった高電圧が回路にかけられれば、その抵抗の低さゆえに必然的に電流は大となる。そして電流が大となればそこで生じる熱もまた膨大なものとなる。

それが火を生むのだ。

そしてその火や熱によって電線の被覆が損なわれればまた短絡《ショート》が生じ、連鎖して生まれるそれらによって加速度的に装置は破壊されていく。ついには修復不可能なほどに。

——サイバネ殺し。

アリシアが電力を補っていたドロイドたちが使用不能になったのも、それが理由だ。言わば仮想量子線《ストレイライン》からの供給で失われた動力源を外付けしたような状態にあるそれらも、中の駆動部を完全に破壊されては如何に電気を流そうとも動きようがない。モーターへと電気を流すための導線そのものや、時にはその駆動系の回路や装置そのものが破損してしまうのだから。

基本的に開閉に専門的な知識や道具を必要とする装置そのものに短絡《ショート》による大電流を防ぐための漏電遮断器が組み込まれることはほぼない。ましてや、人体に搭載するというその特性から形状や重量に制限を受けるサイバネ装備ならばなおさらである。故にこの一撃は、まさに機械への一撃の死を見舞う剣となる。

　クラッキングとは、人間が故に生まれてしまう脆弱性や利便性を利用するものとするならば――ああ、間違いなく対機・新陰流は、そんなクラッキングの体現であろう。

　いずれも、必殺。

　まさに――奥義というのは、単純明快であるからこその奥義だ。全ての技自体の手間は少なく、ただ、その放つべき機先のみが上位者にしか見極められない境地にある。他のクラッカーやハッカーと同様、兵衛は、己が打ち崩すべきそれらに通じていた。当然ながらもいずれの剣も、内部構造の理解を抜きには語れぬ剣だろう。

　電脳魔導師《ニューロマンシー》であるアリシアと、補助電脳《ニューロギア》のバグを利用したジェレミー・西郷と、そして刀を片手に電気的特性や機械回路そのものを利用する柳生兵衛――いずれも全員が、形は違えどクラッカーとも呼べる事件であった。

　沈黙した人体蜈蚣を感慨なげに見詰め、兵衛は口を開く。

「お前の技能を活かすためにこの場所に来たのは、確かに悪くない戦術だった。……だが、俺を相手に機械をぶつけたのは失策だったな」

　視線の先には、肩を押さえて膝を突くアリシア。

　鮮血はそのワイシャツを染め上げ、廃棄品の山の中にあってなおそこで咲く花の如く美しいアリシアの顔を苦渋に彩っていた。

ある意味で、それは、必然であったのかもしれない。

電脳の申し子であり機械を統べる電脳魔導師《ニューロマンシー》と、この現代社会に溢れる機械たちの天敵とも言える対機・新陰流。その二つがぶつかり合った果てに何が待ち受けるかなど、知れたものだったのかもしれない。

だがそれでも――冷や汗を隠さないアリシアは、頬を強張らせつつ不敵に笑った。

「流石のアンタも……電流に紛れさせれば、あたしの攻撃を読めないようね」

「ほう」

アリシアの青い目が見詰めるのは、彼の手元――その愛刀の柄だ。

実のところ、アリシアの勝ち筋はそれだった。

高周波振動刃には、二種類ある。刃そのものに振動の機構が組み込まれているものと、柄にその仕掛けがあるもの。そして、柳生兵衛の用いる大刀のその刃がただの打刀である以上は後者。そこさえ眠らせてしまえば、彼は、その高周波振動刃を使えない。

本来なら抑え込み、クラッキングする算段だったが……あの【人絡剣】の最中、逆にアリシアの側から刀身に併走させるように仮想量子線《ストレイライン》を伸ばした。以って過電流にてその振動発生装置を破壊したのだ。

これにて、彼の武器を奪った。

対機・新陰流のその技は、全てが斬鉄を前提としている。それなくば、立ちゆかない。

柳生兵衛の斬鉄を封じて、一つ——それこそが彼女の見出した勝ち筋。

突如として——甲高い駆動音が宵闇の屑山に響いた。

強烈なモーターとスクリューの音が、うずたかく瓦礫の山が立つ廃棄場へと迫りくる。

脂汗で金の前髪を額に貼り付けながら、

「なんでここに来たって……」

アリシアはその親指を地面に向けた。

「……ここが、海に近いからよ！」

途端、それは飛沫と共に訪れた。

宙を舞う小型の無人クルーザー。

操縦を乗っ取られたそれは限界を超える速度で海上を突き進み、ついには空中に至る。

戦闘のその最中も彼女が時間稼ぎのような行動を続けていたのは、ここが海上フロートであるからだ。そして、外部と取引が行われているとジェイスの言葉から知っていたからだ。そんな海の上でこそ使えるものがある。

涙ぐましくも戦闘の傍らで密かに作り上げていたジャンプ台のような瓦礫によって飛び出したクルーザーが、上空から自由落下を開始する。

同時、またしても瓦礫から突き出た金属の死骸の腕が兵衛の足を掴んだ。

逃がさない。

逃げられまい。

生者を死に引き込む亡者めいた機械の手が、彼の足首を掴み止める。否、続々と沸き上がりその両足を抑え込む。彼が人並外れた脚力の持ち主だろうと、瓦礫の山そのものと複雑に絡んだこの拘束を引き剥がせまい。

そして、

「食らいなさい――――！」

降り注ぐ質量弾。先ほどの足場を落とされたことへの、完全なる意趣返しだ。

如何なる柳生兵衛とて、対機・新陰流の業とて防げまい。

これは、電気的な稼働ではない。装置が動かしているのではない。単なる物理法則。実に単純な万有引力と落下の式だ。

高周波振動刃は封じた。

対機・新陰流の業《わざ》を使う余地を封じた。

以ってこれを、アリシアの勝ち筋とし――――彼女の眼前に、その船体は着弾した。

衝撃のままに吹いた突風が彼女の金髪を揺らした。生足の上のワイシャツの裾をまくりながら、澱んだ廃棄場を吹き抜ける。

……殺人は不本意だが、本当に全力だった。

この男を防ぎ止めるにはこれしかなかった。

彼ならば或いは、これでも生き残っているかもしれないな――なんて希望的な観測と共に、粉塵が晴れていくそこに目を向け、

「……え？」

喉から、声が漏れた。

ゴトリ、と。

そう大型ではないにしろ、人を幾人も乗せて海原を進めるだけの船体が、揺らいだ。

否。

廃棄品の山の中に、真っ二つに、崩れ落ちた。

まるでモーゼが葦《あし》の海で起こした奇跡の如く、しかし海原や波よりも遥かに固きそれが、男を中心に左右に分かたれている。

冗談だ。冗談みたいな光景だ。

人が、船を、斬った？　真っ二つに？　それで、落下する船体から免れた？

機械の墓場めいた鉄と錆の山の中、涼しげに立つ男がいる。アリシアの青い視線の先の――白髪の青年は柄を両手握りにした残心のまま、嗤《わら》う。

「この剣の振動というのは生身には凄まじくてな。実のところ、いい太刀筋のための練習になる。俺がアレを用いているのは、そのためだ」

「……は？」

「そう、驚くな。俺が蜈蚣を斬ったのは、いつだ？」

そこで、思い至った。

あの冒涜的な蜈蚣じみたドロイドを差し向けたのは、剣を伝って電撃を浴びせられた——【人絡剣】——のその後だ。確かに、その時には既にアリシアは高周波振動刃のクラッキングは済ませていたのだ。

てっきり、まだ、停止命令後も完全に収まりきらぬ振動を利用したかと思っていた。

だが、

「対機・新陰流は斬鉄の技だ。——柳生《おれ》が鉄を斬れなくて、どうする」

そんな絶望的な言葉と共に、白髪の青年が刃を構え直す。

出鱈目《でたらめ》だ。出鱈目が過ぎる。

唯一の勝機と思っていたそれが彼の弱点ではないと、一体誰が想像する？

この世界の十指に入る力を持つとはそういうことだと言いたげに、眼帯に右目を隠した彼は心底楽しそうに笑みを浮かべた。

冷や汗さえも凍り付く。

ああ……対機・新陰流の技は、斬鉄を前提とするのだ——。

如何なる防弾性防具《フラックジャケット》も、厳めしい機械義肢《サイバネ》の腕も、強化外骨格《エキソスケルトン》の固皮も、強襲機動兵器《アーセナルコマンド》の装甲も彼の前では身を守る鎧たり得ない。この文明にある防御では、柳生兵衛を止められない。絶対的な人類殺害権《マーダーライセンス》の持ち主。

身一つで、社会の前提を覆す上位者――。

彼は、その化身であった。この電脳と機械の蔓延《はびこ》る世に亜空間から罷り越した外宇宙神話的存在めいて、常識の外にいる剣客。眼帯の白髪剣鬼。

「ともあれ、発想は悪くなかった。存外に楽しませて貰ったのは、賞賛すべきだろう。さて。それでは、仕上げにかかるか」

「……ッ」

「くれぐれも泣き叫んでくれるなよ、探偵」

ジリ、とアリシアが腰を落とす。

兵衛の呼吸を読むように。

完全なる無手のままに構えを取り、機先を見極めようと青い瞳を細めて睨み付けた。

「そうだな。……お前は泣き叫ぶまい。失言だった」

「……謝罪なら、刀を納めてからして貰える？」

「それも悪くはないが……どうせなら、俺の業《わざ》の全てをお前に見せたいものでな。まあ――だが、残念ながら、仕事を長引かせる気もない」

「……」

猫に嬲られる鼠の気持ちか。

しかし兵衛は、明確なる敬意と共にアリシアと興じていた。同格でないにしろ、久方ぶりに人間に会えたとでも言わんばかりに。

「さて――誇るがいい、探偵。これなるは、対人の業《わざ》だ。機械溢れるこの世で、積み重ねられたるそれらを斬るための対機の技を――積み重ねられたるそれらの技を斬るための唯一無二だ。ふふっ、んふふっ、秘剣と――そう呼んでも好《よ》いかもしれぬな」

下段から、中段の斜め正眼に構え直した兵衛が妖しく笑う。

空気が変わる。

月を映し出す水面の如き静寂に。

海風に、ワイシャツの裾が揺れる。

互いの僅かな動きが屑鉄の山に伝わり、部品が転がり音にならない音を立てる。

高まる緊張の中、アリシアの青い目は攻撃に移る柳生兵衛を見極めようと睨み続け――

……構えも、刃も、何もかもを見失った。

霞《かすみ》の如く、景色の空白の如く、視界の中の柳生兵衛が失せた。

「消え――」

そして一足の跳躍と共に、アリシア・アークライトの華奢な身体は袈裟懸けに両断された。

ものは、斬られたがっている。

それが柳生兵衛の持論であり、そしてある種の真実であった。

◇
◆
◇

単分子刃は、役に立たない。そういう話を知っているだろうか。

この科学技術が隆盛した時代に、本当に、かつてからフィクションの中で語られていた兵器が作り上げられた。例えばレールガン。例えばプラズマ砲。例えばレーザー銃。例えば衛星軌道爆撃兵器。例えば人型機動強襲兵器。その中には企業や国防装備局省が開発したものもあれば、個人的な趣味で作り上げられたものもある。その中に、単分子刃というものがあった。

刃の薄さが単分子ほどしか存在しなければ、理論上は最強の切れ味を持つ――という架空の刃物であったが、それは現実として再現され、使用された。

その上で結論は、単分子刃は無意味である――というものだった。

まず、あらゆる斬撃に関する唯一無二の真理がある。

それは――押し斬るよりも引き斬る方が圧倒的によく斬れるというもの。

これは、あらゆる刃物に共通している。何一つ例外はない。日本刀でもバスタードソードでもグラディウスでもサーベルでもシミターでも斧でも、何であっても変わりがない。

その上で斬撃の科学は、三点あった。

一点目。引き斬りそれ自体が、刃の厚みを薄くすること。

これは、単に押し当てて切ろうとするときの刃の先端角度よりも、刃が弧を描いて移動するのに伴って見かけ上の刃の先端角度が小さくなることに由来する。つまりは、単分子刃などわざわざ組む必要もなく、ある程度の厚みでも適切に移動させれば相応に小さい先端角度となるのである。

二点目。素早い斬撃ほど良く斬れるということ。

より正確に言うのであれば、斬撃というのは、素早ければ素早いほど切断のために刃に加える力が少なくて済むというものだ。これは切断対象へと刃が食い込んでからの話であり、それには刃側面の摩擦が関わっている。つまりは、速く動けば動くだけ動摩擦係数が下がることで――切断する物体と刃の側面に生まれてしまう摩擦と抵抗が少なくなる。結果、力が少なくて済む。

そして三点目。斬撃というのは三つの力が関わる現象であるということ。

斬撃とは、刃が物体に対して垂直に圧力をかけていく圧縮応力、そして刃の接触面から物体に対して平行的に働く摩擦応力、最後が最も大切である――刃に対して左右直角に働く引っ張り応力。これらの複合による分離であるのだ。

そしてこの引っ張り応力とは、刃や斬撃それ自体が持つ力ではない。斬られる物体そのものが持っている力である。

物体の分子とは形が崩れないようにそれぞれが手を繋いで引っ張り合っているものだ。簡単に考えるなら、組体操のように横一列に並んだ人々がそれぞれに思いっきり腕を引っ張り合っていると考えればいい。そして、その状態で均衡していると。ここで、もしその中で――突如として真ん中に立つ一人が吹き飛ばされてしまったらどうなるか？　その横一列の集団は、互いに手を繋いで引き合っていた力のそのままに左右へと分離する。

斬撃とは、それだ。

そんな左右への分離を、刃から物体に対して与えられる圧縮応力と摩擦応力が誘発するのだ。故に自ら刃の持つ摩擦係数を低下させる単分子刃は、なんの役にも立ちはしない。

つまり斬撃とは、あえて簡易的に表現するとするならば――――斬撃それ自体の持つ力を呼び水にして――物体が持つ自ら離れようとする力を引き出してやるための力学と呼んでも過言ではない。

故に――。

既にかつての時代にかつての刀で兜割《かぶと》りなる、刀を用いて高強度の物体を断つということを実行できている以上、金属などに対するその切断行為に不可能は存在しない。なお現実には兜割りとは、強靭な兜そのもの全体を真っ二つにするものではなく僅かな切り痕を残すものを指すが――――少なくともその圧縮応力と摩擦応力と刃の硬度は、鉄の有する引っ張り応力を引き出すに足るものであったのだ。

ならば、何故、その時は兜そのものを完全に両断できなかったか。

それは、まず一点目として刀の中にある物打ちという部位――――斬撃の与える圧力の最大効果発揮点が限られていること。その曲線の持つ力の伝達によって最も良く斬れる部分が限定的で、刀身そのものの全てが物を斬るために向いているというわけではないこと。

二点目が、衝突後の時間経過によって斬撃が持つ力――――圧縮応力が低下していってしまうこと。同様に、斬撃の速度が低下するに伴って刃側面と物体の摩擦が強く取り戻されてしまうこと。

三点目が、斬り進めるに従って刃の先端が潰れて丸まっていき、それが持つ摩擦係数が小さくなってしまうこと。つまり十分な摩擦応力が発生させられなくなってしまうこと。

これが、完全なる斬鉄――――完全なる兜割りを困難にしていた。無論、兜という物体の形状も要因になっているのは言うまでもないことであろう。

……さて。

ではここで――――刃と刀身側面の持つ摩擦係数が理想的な刀があり、それを一切の余剰を生じさせぬ軌道で振りかざす使い手がおり、その優れた肉体が正確に素材に対して垂直に斬撃を加えていたらどうなるだろうか。

今まさに頭上から叩きつけられたクルーザーが、真っ二つに分かたれる。

これが、柳生兵衛だ。

持って生まれた空間把握力も思考力も身体制御力も筋力も骨格も神経系も思考回路もそのすべてをただの一閃に目掛けて指向した怪物。剣の鬼。

それが、柳生兵衛という青年であった。

(とはいえ、まだ、これではない。ただ斬れるだけのこれではない)

それでも兵衛は、残心と共に、そう考える。

未だに不十分だと。此処ではないと。こんなものは誇れるものではないと。

彼が目指すのは――本当に辿り着けるかも存在するかも分からない果ての一閃。

斬るのではない。そうなるべくして、そうなるのだ。

そんな――彼方《かなた》に輝く極星の如き斬撃。その領域に至りたいと思っている。その領域のその先に翔《と》びたいと思っている。極限の果ての、そのまた極北に届きたいと思っている。

否、思うのではない――そうあるのだ。柳生兵衛というものは、そうあるべくしてそうあるのだ。そうでなければならぬのだ。

永劫の孤独の向こう。彼方に輝ける孤星。

唯一、遥か天空に輝ける星を目指し続けるような――そんな人生。それが、柳生兵衛が柳生兵衛に定めた行動理念。

そしてこれは、決して誰かと分かち合った先には存在しない。

兵衛にとっての極星は兵衛にとってのものでしかない。余人とは、その領域について分かち合えない。それらが目指す先には存在しない。そこを目指しても仕様がない。

だとしても――同じように。

兵衛が孤星を目指すように。その誰かもまた、その誰かにとっての孤星を目指して翔ぶというのであれば。

（それは、俺が、斬るに値するものだ）

殺したいわけでも、死なせたいわけでもない。

ただ、辿り着きたいのだ。

同じように己の中にしかない極星を目指すものと斬り結ぶことでこそ見えるものがある。何かの山嶺《いただき》がある。それでこそ踏み出せる一歩がある。

相手のその実力は、関係がない。

己の内に極星を抱くか否か――それだけが、柳生兵衛が刀を抜くに足るだけの存在なのだ。殺すわけでも死なせるわけでも斬りたいわけでもなく、しかし、己同様に翔び続けるものとの錬磨の果てにしか、己もまた道筋を得られない。

願わくば互いにその極星に届くまで――否、追い越してなおも斬り結べることを。

そう願っているが、現実はそうもいかない。疲労、集中、環境、状況、実力――……やがてどちらかが潰《つい》えるのは自明の理であろう。

そんな無限の彼方を目指す旅は終わる。やがて、終わる。

無数の廃棄ドロイドが再殺された瓦礫の山。

燃え上がる冒涜的な機械蜈蚣。

真っ二つに裂かれた小型のクルーザー。

（……お前は、よくやった）

兵衛の【雷心】の短絡《ショート》が起こした出火によって煌々《こうこう》と闇が押しのけられる中、彼の眼前に立つアリシア・アークライトはついにその攻め手の全てを失っていた。

ここまで十重二十重と仕掛けられた攻撃全てを凌ぎきり、やがて、兵衛はアリシアの下に辿り着いたのだ。危なげなく――といった風であるが、実のところ彼女の発想力には驚かされた。

特に感心したのは、その不屈さだ。

やはり彼女もまた、己自身の掲げた極光目指して飛翔を続ける者である。その一点を以って――深い敬意を表したくなるほどに。

そしてついに終焉《しゅうえん》とばかりに刀を構えた兵衛の軽口に対しても、彼女はその宝石のような青い瞳を細めて、兵衛の一挙手一投足を見落とすまいと睨んでいる。

己の失言を思い知った。

アリシア・アークライトという少女は、諦めていない。

腰を落として、兵衛の呼吸を読むように。

完全なる無手のままに構えを取り、機先を見極めようと睨み付けてくる。

だが、

「そうだな。……お前は泣き叫ぶまい。失言だった」

忸怩《じくじ》たる思いだ。これほどまでに見上げるべき相手に対して、何たる戯言《たわごと》を述べてしまったのか。それだけで、七度生まれて七度腹を切っても然《しか》るべき無礼であろう。

「……謝罪なら、刀を納めてからして貰える？」

「それも悪くはないが……どうせなら、俺の業《わざ》の全てをお前に見せたいものでな。まあ――だが、残念ながら、仕事を長引かせる気もない」

「……」

闘争心を絶やさぬ少女を前に、そんな考えも捨て去った。

屠《ほふ》るなら――最後まで。死力を尽くして全力で。

己すべての最高を少女に捧げ、そしてこの刹那にして奇跡とも呼ぶべき邂逅に幕を引くべし。

一人の人として。尊敬すべきアリシア・アークライトに――ああ、と兵衛は思う。

己は彼女のそれほどまでに、追い詰められた経験がない。そこまでの困難に陥ったことはない。つまり、同じ状況になったその時に彼女のように不屈に振舞えるかの――地金が知れぬということだ。

果たして同様のことがあってなお、己は立ち向かえるであろうか。

そうも、限界の先を目指し続けられるだろうか。

その意味で、アリシア・アークライトは確実に柳生兵衛の先に行っている。

彼女こそが、見上げた人間だ。

剣の強さではない。果てに目掛けて飛び続けるというその一点において、アリシア・アークライトは柳生兵衛よりも強者なのだ。

故に、己の最上を彼女に是非とも披露したいと願った。

自然、口からはどうしようもないほどの笑みが零れていた。

「さて――誇るがいい、探偵。これなるは、対人の業《わざ》だ。機械溢れるこの世で、積み重ねられたるそれらを斬るための対機の技を――積み重ねられたるそれらの技を斬るための唯一無二だ。ふふっ、んふふっ、秘剣と――そう呼んでも好いかもしれぬな」

それは、柳生兵衛が生み出した唯一無二の秘剣である。

これまで、誰一人として生き残った者は居ない剣。故に――――柳生兵衛がアリシア・アークライトに見せられる最大の研鑽の成果。

願わくば、この一刀で終わらぬことを。

願わくば、この一刀が彼女の最後にならんことを。

そんな二律背反の想いを抱えたままに――下段から、中段の斜め正眼に構え直した兵衛は、清々しい気持ちで笑った。

睨み合いは、いつまでか。

否――それだからこそ、秘剣は通ず。
・・・・
秘剣は生ず。

我が終生の一太刀、受けるがよい。

まさしく、

「消え――――」

アリシアが、兵衛の剣を見失った。

これこそが――――対機・新陰流【無門眼】。

他の技と同じく、人間であるが故に生じてしまう隙を貫く一閃である。

……そう。人の目というのは、実は、止まったものを見ることができない。

人に限らず、そうなのだ。蛙であれ犬であれ、そうだ。生物的な特性なのだ。視神経は、常に変わらぬ刺激を与えられていると――脳がそれを無視するようにできている。情報を振り落とすのだ。生物は、目を使い続けることができない。

ならば、何故、人は止まったものを見ているか。

それは固視微動という無意識の、不随意の眼球の運動が影響している。

つまり、モノではなく目の方を動かすことで刺激を変え続け――止まっているモノを動いているモノとして扱って――見えるようにしているのだ。

事実、眼球のこの固視微動を故意に止める実験を行った際に、数秒から十数秒で物体を視野から喪失するという実験結果がある。

――故に。

対する相手の眼球の固視微動、相手自体が行う運動、呼吸による体の揺れ、血脈による震え、そして互いの距離による像の異なりを全て鑑み――全くそれに合わせる形で、常に同じ視神経が刺激を受け取る位置に刀を動かし続けたなら。

それは、完全に相手の視界から消える剣となる。

人である以上は、絶対に防げない。

それが――対人類魔剣【無門眼】である。

「――――」

跳躍の最中も、決定的な切っ先を彼女の視覚の中で動かすことなく。

柳の枝が風に閃くように、刹那に手首を返した――撓《たわ》んで捩じるような兵衛の一閃がアリシアの胴に目掛けて繰り出された。

だが、一体、何たる奇跡か。

アリシア・アークライトは——兵衛のその一太刀を、身を捻って紙一重に躱したのである。そして、更に彼女は後ろ手に取り出した短刀で——先ほど上での戦闘のその折に、彼女の首に突き付けた兵衛から取り上げた短刀で兵衛の刀を抑えにかかった。

金属音が鳴り、兵衛の刀の背をアリシアの短刀が抑える。

揺るがない。

何たる重心把握か。

張り詰める剣戟の緊張の中——僅かに、兵衛の笑みと共に均衡が訪れた。

「よくもまあ、初見で躱したな」

「初見じゃないわ。見せてもらったもの」

「ほう」

確かに一度、アカネ・アンリエッタとの戦闘で披露していた————……ああ、何たる失策か。あのときアリシアを軽んじた報いだというのか。できるなら己の最高の剣技で彼女を討ちたかったが、それも叶わぬとは。後悔先に立たずとは、このことか。

否——脂汗をしとどに流してワイシャツを肌に貼り付けたアリシアを前に、そんな思考を打ち切る。彼女はきっと、幾重にも己の秘剣を浴びた。これはそういう汗だ。想像か現実か、幻惑か仮想かは関係がない。それだけ、己の剣は目の前の美しき少女に通じたのである。そのことが、誇らしくもある。

兵衛の打刀を下に抑えるアリシアの短刀。

込められた力と重心の取り合いに、金属と金属が小刻みに振動して、鳴る。

瓦礫の山に、刃音《はね》が舞う。

「しかし、如何に見切った？」

「……見れてないわよ、その秘剣。ただ――あたしにとっては、ってだけ」

その言葉に合点がいった。

幾体も幾体も葬った機械人形たちが転がっている。内部基板を焼き落とそうが、例えばそのレンズそのものまで破壊したわけではない。それらを目に用いて多角的に観察すれば――なんのことはない。兵衛の秘剣も、それで終わりだ。

流石に複数人を相手に行える原理ではないのだ。アカネのような素人相手であれば剣だけでなく己の全身を対象に行えたが――流石にこの足場で、アリシア相手にそれをするには、兵衛もまだ未熟だった。

しかし、

「それでここから、如何にするかね」

「……ッ」

兵衛は今、あえて動かなかった。己の剣の未熟を確かめるための問答をするが故に、あえて、この剣を動かさなかった。

だが、アリシアは動けなかった。

一瞬でも気を抜けば兵衛は問答を取りやめて彼女を斬りにかかったし——そして兵衛の秘剣を見切るための絡繰《からく》りで神経を擦り減らしていたから。彼女は動けなかったのだ。

己が秘剣を破られたことに悔しさがあり……。

同じだけ、晴れ晴れとした爽やかな気持ちがある。

やはり、彼女との凌ぎ合いで辿り着ける境地があったのだ。これが剣を持つものならば、流石の兵衛も何としての秘剣にての決着を願い——そして破られたことに身を千切られるほどの懊悩と煩悶を抱いたかもしれぬが、この矮躯の少女には敬意しかない。

おかげで、まだ、己の剣も先へと翔べる。

彼女との出会いは、まるで誤りではなかった。意味があったのだ。柳生兵衛と、アリシア・アークライトの出会いには。

（……本音を言えば、斬りたくはないのだがな）

僅かに悔いる気持ちもあったが……事件屋《ランナー》として剣を掲げた以上、決めていた。

何より目の前の少女が、自分に向けて事件屋《ランナー》としての答えを出した以上は——それを告げるに足る相手だと思ってくれたことを裏切りたくなかった。

故に仕事として、兵衛は此処で一歩も引く気はない。

たとえそれが、この刹那の応酬の中で無量の感動を与えてくれた尊敬すべき少女だとしても――否、であるからこそ、此処で私情によって剣を引く事件屋《ランナー》としての醜態を見せたくはないのだ。彼女の尊い覚悟を見せ付けられたからこそに。

（俺も若いな。まさか、醜態を見せたくないとは）

む、と口を強く結ぶ。

その上で、此処でアリシアを仕留めるべく動き出そうとした――その時だった。

「これだけは、使う気はなかったけど……仕方ないわね」

何を、と考えた。そして同時に、何かする前に殺すと思ったその時だった。

僅かな駆動音。

咄嗟に地を蹴り、剣を弾きながら側後方へと回っていた。

そして、

「む……!?」

兵衛の胴があった場所を貫いた無音の一撃。不可視の飛翔。遅れて、音が耳に届く＝超音速の射撃。

思わず――笑っていた。

視線の遥か、瓦礫のその下から現れた大いなる銃口。

それは幾門も――無数に。次々と。朽ちかけた巨人たちが、己に被さった残骸の山を押し退けながら身を起こす。鋼の巨人――ああ、補助電脳《ニューロギア》システムのその大本となった人型機動兵器だ。

そうか、と頷く。

ここは、元は――橋頭堡だ。かつての大戦の中で作られた、軍事的な足場なのだ。

ならば当然そこには、軍用兵器も眠っている。

多くは朽ち、錆び、崩れ、湿気、その機能を果たせぬ者もいるだろう。

しかし、かつて多くの都市を焼いた巨人たちが……その亡骸が。末裔が。電子の女王の号令の下に、この海鳴りの都市に再び姿を現したのだ。

そして兵衛とアリシアの真下の残骸もまた蠢《うごめ》き、盛り上がり――概ね人の十倍はあろうかという手のひらが、金髪の少女を大地から引き剥がした。

「んふふっ、ははは、んはははははっ！　やるな、アリシア・アークライト――！」

戦争株主として参加した戦いで、向き合ったことがある鋼の巨人。

それ自体は、既に巡り合った戦場だ。

だが――その戦場を、たった一人の少女に起こされるとは思っていなかった。

「ああもう……探偵が言う言葉じゃないけど……」

苛立ったように猫の如き青い瞳をキッと尖らせた少女が、巨人の手のひらの上から人差し指を向ける。

「――ショータイムよ、オーディエンス！」

「――応とも。是非、魅せてくれ！」

そして、

「全弾発射――――ッ！」

金髪を海風に翻したアリシアの号令の下に、全ての火器が投射された。

◇　◆　◇

それは地に満ちたる流星群か。

曳光弾が鋼の大地を抜き穿ち、誘導弾が炎を上げる。

巨人が降臨し、雷火吹きすさぶその光景は――……ああ、かの謳《うた》われる終末の日《ラグナロク》であろうか。

実に見事。

御見事。

炎の雨と鉄の嵐を呼ぶものを、暴威たる巨人を喚《よ》ぶものを、一体、魔導師以外のなんと呼ぼうか。

ああ――人の仔よ、知るがいい。

これこそが神的資質者。

現代に甦りし最新の伝承。
謳うがいい。喚ぶがいい。
電脳の海を渡る綱をかけ、その糸を手繰るが故の電脳魔導師《ニューロマンシー》。
只人よ。汝が厚顔たる思い上がりを今ここに識れ――。
そう囁かれるかの如き、情け容赦も一切の呵責《かしゃく》も孕まない鉄火の業炎。

――否。故にこそ、剣の鬼は嗤うのだ。

ああ、刃音《はね》よ、舞え。
刃鳴《はな》よ、散れ。
刃金《はがね》よ、歌え。
この刹那。この石火。この瞬撃。この虚空。
己の刃呼《はこ》を、啓《ひら》き斬れ。
刃打《はだ》さえ揺るがすこの咆哮《うなり》よ、いざ。
今ここに――刃風《はぜ》るのだ。
極光の、その先へ。
ただひたすらに、その先へ――。

◇
◆
◇

仮想量子線《ストレイライン》はさながら流星群めいて、廃棄場の暗黒を裂いた。

鋼の墓場に眠る命たちに、既に役目を終えた鋼鉄の騎士たちに、今一度の戦闘指令を送り込む。

どれも、最早、兵器とは言い難い。海風にその関節は錆び付き、内部を走る通信ラインや電源ラインも腐食し、その身を不可視のフィールドで覆うための機構も固まり、瞬間的な馬力を出すための蓄電装置《キャパシタ》――室温超伝導電力保存装置もその蓄電を吐き出しきり、何よりもその主電源たる超電導プラズマ融合炉は運転を停止している。

補助電脳《ニューロギア》の前身の装置にて動かすために生まれた人型の戦闘兵器などというものは、核融合で膨大な電力によって下駄を履かせてやったからようやく戦闘機や戦車を超えた兵器として成立したのだ。

それを今――――唯一人。

アリシア・アークライトという少女が、肩代わりをしていた。

（――――――ッ）

金髪が、限界を超えた仮想量子線《ストレイライン》の投射に炎のように逆立っていく。

ひたすらに振り絞って、次々にその巨人の上半身を鉄屑の山に並べていく。魔杖めいた大型レールライフルを構え、バトルライフルを構え、ミサイルポッドを構え、プラズマカノンを構える死人の機甲中隊。

その電力を、補えるのか。

できない場合、使いすぎた場合、どうなるのか。

自分のこの力が、一体どうして齎されているかは知らない。

生まれながらに使うことができた。素質があった。そして、ある事件を皮切りにそれを完全に自覚した。

この電脳社会においての支配者とも言えるその技能は、ただ生きているだけでどんなものにも変えられない価値を持つ。企業家も、無法者も、戦争屋も、情報屋も、誰から誰までその力を求める。全世界で数百人も居ない特異な能力者。

大々的に知らされて拘束を受けることもなければ、排除されることもない。

きっと誰かの役に立つから、きっとどこかで綱引きがされているから、きっと如何にか操る方法があるから、きっと何かをさせようとしているから、決して表にそれが出ることはない。

公然の秘密のように、都市伝説の中の魔女として生きている。

そしてそのとき、誰の保護下にもないアリシア・アークライトという少女は、そんな誰もが求める黄金の林檎だった。

――〈一つ、それを封じる手立てがある〉。

白銀の機械鎧に身を包んだ青年が、金色に輝く聖剣を片手にアリシアを見下ろしていた。

彼女と同じような眩い金髪を持つ青年は、雨の路上に膝を突きながらそう告げた。

彼は言う――〈意図的に君自身の電脳の外部接続ポートを焼き切ることだ〉〈繋げる先がなくなってしまえば、その力の大半は上手く使えなくなる〉〈それだけで君は、少し変わった女の子として生きられる〉。

悼む緑色の瞳で――〈こんなふうに狙われることもない。誰かの都合で人生を左右されることもない〉〈そんな女の子として、今までのように生きていくことができる。他の皆と同じように〉〈……今、僕は君の頸にこの剣を突き立ててそれができる〉。

一人の人として向き合って――〈アリシア・アークライトさん〉〈今、君がここでそう望むなら……僕は応えよう〉〈君のその願いを、叶えよう〉。

母の死体が、隣にあった。

路地裏だった。

探し続けるその間に、いつしか、アリシアは己のその力を無意識に操っていた。

アリシアを狙って訪れた黒服たちを、その聖騎士は打ち払ってから、傘もささずに言うのだ。

――〈ごめんね。きっと今、君は、そんな言葉を聞きたくはないかもしれない〉〈それとも、お母さんを静かに送ることを許されもしないそんな力が、憎いかもしれない〉〈呪われた力だと思うかもしれない〉。

――〈それでも……〉〈それでも僕は、君に、その力を捨てろと言いたくない〉〈力は、力だ。それだけで狙われることも、除かれることも、己を偽って生きていかなければならないものでもないんだ。力だけが理由で、そうあってはならないんだ〉。

――〈もしもその力のせいで君が当たり前に生きられないと言うなら……〉〈僕が、それを否定しよう〉〈僕の剣が、君の力を呪いに変えるものを打ち払おう〉。

――〈アルトリウス・ウォーカーが、全霊をかけて君を守ろう〉。

雨に塗れるその騎士然とした金髪碧眼の美青年は、アリシアへと手を差し出した。

アリシアの顔は、涙なのか、雨なのか、わからないぐらいに濡れていた。その人がそうしてくれるまで、自分を思い出さずに旅立った母の隣で、路地裏にずっと居た。

誰も、そうしてなど、くれなかったのだ。

彼は、ただ、言った。

――〈どうあれそれは、力なんだ〉〈こんな世界の中できっと君自身を守ることもできる力〉〈大丈夫。使いこなせるまでは、僕もちゃんと付き合うさ〉。

――〈すべてが落ち着いて〉〈君もその力の使い方を知った上で〉〈それでもやはり望ま

ないなら――……その時は僕が、その力を打ち砕こう〉。

――〈その日、その時〉〈改めて僕は、君に聞こう〉〈……君は一体、どうしたい？〉。

優しく微笑んだ、その顔を思い出す。

差し出された手を思い出す。

そして、何より、

（どうしたい、なんて――あたしは、負けたくないのよッ！）

母を一人で送ることもできずに、最後の言葉を押し寄せた男たちの靴音で消されてしまった己を思い出す。

そうだ。

この力は、ただの力だ。アリシアがそう使おうと思ってそう応えるだけのそんな力だ。

だから――限界など、知るものか。

己に押し寄せた不条理を打ち払ったあの眩い聖剣を思い描く。何者にも侵されないその金の輝きを思い起こす。それを両手に構えたあの白銀の背中を思い返す。

あれが、光だった。あれが、行き先を照らす光だった。あれが、闇の迷路を晴らす唯一つの光だった。だからこそ――ああ、だからこそ。アリシア・アークライトは、ここで折れてはならぬのだ。

この街に巣食った無法者も。

無慈悲な社会の犠牲者も。

刀一本で行われる不条理も。

そのすべてを、己という光で照らしてやる。何もかも、晴らしてやる。

ただその一心に奥歯を噛み締め――――自分にしか見えない線から紫電を迸らせる。

触覚の役目を果たすそれは、己自身が抱えた電磁力すら知らせてくる。剥き出しにした温感神経に熱湯を流し込まれるが如く、電磁感知の仮想触覚は自らの抱えた大電流に焼き付いていく。

核融合に、勝てるのか。

戦争兵器を、操れるのか。

そんなものは――――知らなかった。

現実の指先までもが痺れ、目眩がする。限界を超えた出力に全身が熱を持ち、茹だったように脳が唸る。血涙が流れ、鼻血も垂れる。気を起こし続けるために噛み締めた唇は裂け、拳に突き立てた爪は割れていた。

それでも――――回す。回路を回す。自分自身という回路を、電源を、指令を、巨人たちの五体に回す。

電子の猟犬を、プログラムを走らせた。人型兵器たちの主だと、元はその兵器に由来する補助電脳《ニューロギア》を通じて己を誤認させる。主電源を無理矢理起こそうとし、同時に仮想の手で蓄電装置を確かめ、それもできないなら火薬そのものに着火し、それすら駄目ならせめてその指先だけでも動かす。

負けたくないのだ。

負けられないのだ。

たとえちっぽけな依頼だとしても、自分が、アリシア・アークライトが探偵として事件屋としてそれを請けたならば――――それは、果たさなければならないのだ。

「ッ、ぐ………」

何でもいい。正面からで無理なら、とにかく、動かせる場所だけ動かせばいい。

アイポロスの権能も並列に発動する。

そうしてすべての機械――すべての部位に接続する。現在でも未来でも、片っ端から電流を流し、何から何まで確かめる。

僅か一つ、どれか一つ。ただの一つであろうとも、それらを使えるという証拠を諦めない。一欠片の断片だろうとも、そのすべてを諦めない。

生じさせ続ける過電流が、その電磁波が己自身の脳へと投射される。補助電脳《ニューロギア》とそのネットワークにぶつかって、脳内に吹き荒れる磁気嵐になる。

それは、どこかで、アリシアの脳という回路を狂わせるかもしれない。ここで、何もかもを台無しに巻き込んで破綻するかもしれない。

だとしても――――――リフレインする＝〈何故、僕があの時ああしたかって?〉〈うーん……少し恥ずかしいんだけどね〉〈……実はね、困っている人に手を差し伸べられる……そんな大人に、なりたかったんだ〉。

あたしが諦めてやる理由は、これっぽっちもない――――――――！

「はぁ……っ、ぐ……、はぁーーーー……！」

眼下の鉄屑の山から立ち上る黒煙を眺めて、アリシアは巨人の手のひらの上に膝を突いた。

結論から言うなら、狙い通りに駆動した兵器は一割にも満たなかった。

投射砲の内部に損傷があるものもあれば、弾薬が湿気っていて使い物にならないものもある。機体の持つ超電導プラズマ融合炉という大出力がない限りは運用できない装備もあり、全くのところ本当の意味で個人で大軍に匹敵する砲火を用意できたとは、言い難い。

それでも到底、常人が生き残れるとは思えないほどの攻撃であることは間違いなく――

「……ジーザス」

無理矢理に巨大兵器に電力供給を行った反動で消耗しきったアリシアは、腹の底から吐息を漏らした。

まだ動く、影がある。

柳生兵衛は――生きている。生身で、剣一本を引っ提げた男が。

その白髪を血煙に彩りながらも。

剣を片手に、鬼が嗤う。

「勘弁してよ……もう」

本当に心の底から泣きたくなった。

確かに――前評判の通りではあるのだ。生身の男が株式戦争の戦争株主として参戦しているというのであれば、これだけのことは可能だ。だから前提として提示されたものから、何一つ外れてはいない。柳生兵衛は、これだけの事件屋《ランナー》なのだと。

だけれども、それで納得できるかは別の話だ。

あまりにも規格域外《イレギュラー》なのだ。

その全てに理屈が付くことであろうが、それを目の当たりにさせられて飲み込めるのかは別の問題だ。少なくとも、このような人型の破壊現象や自然現象の如き怪物と戦うのは探偵の仕事ではない。断じて。事件屋《ランナー》としても、普通に生きていれば一生巡り合うことはないだろう。もし出会ったら――不運と、そう呼ぶしかない。

（……なんて、それで納得できるの？　あたしは）

一度、己自身に問いかけて――アリシアは首を振った。

突然刺されました、突然撃たれました、突然轢《ひ》かれました――なので貴方の人生は終了です。避けられない運命です。大人しく目を閉じてください。

なんて言われて、易々と眠りにつくことなどできるわけがない。

探偵とは、それだ。

そこに謎があるから探偵がいるのではない。

その謎の納得ができないから――そんな謎によって人の命を容易く覆い隠されてしまうことに納得ができないから、立つのだ。

優れた体格でなくても。容姿に恵まれなくても。権力を持たなくても。資産が足りなくても。

ただ一つ――己の頭脳の働きで、それらを覆す。覆い隠そうとする死の闇を照らし、底に確かにあった筈の生者の痕跡を辿る。それが、己を助けた彼と違う道を選んだ理由。

「……上等よ。これで、決着を付けてやるわ」

目を細め、己の電脳上に新たなるプログラムを組み立てる。

その手に浮いた、魔導書めいた幻覚のヴィジョン。

己自身の電脳に仕込んだアプリケーションに目掛けて、指令を走らせた。

唯一、柳生兵衛という怪物を仕留められるかもしれない策を思いついた。

材料は、この街で得た経験の全て。その体験。神経反応。脳内物質。積み上げられてしまった経験のそこに、答えがある。

本当にこれが駄目なら仕様がないと――アリシアは、巨人の掌から鉄屑の大地に目掛けて身を躍らせた。

鼓膜が片方破れたかと――兵衛は静かに、半分の音が消えた世界を進む。

足元の瓦礫は撃ち込まれ続けた弾丸に不安定になり、そこら中には砲撃に巻き込まれたドロイドが散っている。

死屍《しし》累々。

散々たる機械たちの屍山血河の中で、防弾コートの裾が揺れた。

炎の匂い――死の匂い。

ここは、静かだ。否、鼓膜が片方潰れたせいでうるさい・・・・。

いっそ、もう片方も潰してやろうかと思いながら――笑いながら首を振った。妙に昂っているのは、それだけ死に追い詰められたためであろう。

兵衛は、海上フロートを支える脚塔を目指していた。

あの手の兵器とやり合うには、一にも二にも頭上を取るしかない。

無論ながら対機・新陰流の技を用いれば、たとえ大地からでもあれらの巨体の脚部動力を不能にして転がすことはできる。事実としていくつかの株式戦争で彼はそうしてきた。

しかしながら――今の剣で流石の兵器の持つ複合強化装甲を斬れるかと言われると、そうしたところで内部の導線まで辿り着くのは難しい……としか、彼にも言えなかった。

転がるドロイドたちの死骸を踏みつけながら、進む。

聴覚が片方封じられ、硝煙と黒煙に嗅覚も失われた。幾度と浴びた着弾の衝撃波は彼の触覚を蝕み、詰まるところ、柳生兵衛はその第六感——五感が感ずる刺激で深く認知できぬものの総合——も十分に働かぬと言っていい。

だからこそ、嗤えた。

これほどまでに追い詰められるのはいつ以来か。

やはり彼女は——尊敬に値した。

求めて、求めて、求めて、求めて、求めてやまない果ての一閃——人生全てを研鑽に費やしてなお届くか分からぬ至高の剣に至るため、兵衛は狂った。剣に狂った。

その道を、一歩、進んでいる実感がある。

……ああ。ああ、此処《ここ》だ。此処が俺のための、死地なのだ。魂の鋳型《いがた》なのだ。

何故だとか、どうしてだとかは関わりがない。

ただ、柳生兵衛はその剣に辿り着かねばならない。柳生兵衛がそうすると決めたからだ。

それが如何なる無限の彼方だろうと、事象の地平だろうと関係はない。

この手に剣を握ったその日から——柳生兵衛の魂の形は、そうであったのだ。

この狂おしきまでの愉快と、そんなものさえも投げ捨てて打ち捨てて届かなければならぬという衝動。己の意味。流派の意味。生存の意味。或いは、無意味という意味。

ようやく其処《そこ》に――指がかかるかもしれない。

そう思うと、泣きたくさえなった。無数の剣戟の果てに、今日という日はあった。

どうか――どうかという、祈り。

それを完遂すべく血に染まった靴で、己自身の死骸の如きドロイドたちの亡骸を超え、ついに脚塔に及ぼうとする――その刹那だった。

まるで、気付けず。

死骸である筈の一体が、跳ねるように起きた。

宵闇の中、戦の火を反射して煌《きら》めく短刀の一閃。

咄嗟に打刀の刃元で抑え――鍔《つば》迫《ぜ》り合いの如き姿勢のまま、呆然と口を開いた。

「馬鹿な」

狸寝入りに敗れるほど、耄碌《もうろく》した覚えはない。

全身に煤や鉄錆を擦り付けた全裸のアリシア・アークライトが、右手で短刀を握って、真向かいに居る。押し引きの距離に、居る。

「馬鹿はあたしよ。アンタがあと少し遅かったら、死んでたわ」

「な、に――」

「・・・・・・」

「心臓を止めたわ」

「――――」

アリシアのその言葉に、総毛立った。

そうだ。補助電脳《ニューロギア》やそのオペレーティングシステムは、通常の人間には不可能である筈の不随意運動の制御さえ行えるのだ。

それは、道理だ。道理とは、術理だ。そうできてそうなるなら――そうするというのがあまねく戦いというものの帰結だ。

しかし、それは一歩誤れば、完全なる死に至る。

脳への血流の停止が十から十五秒に達すれば、意識は喪失される。

逆に言えば、それだけの時間間隔が開いた鼓動をすれば、意識を維持したままに死を偽装できるであろうが――それが直後にこうも激しい運動を、つまり心臓を使う動きができるのか。

そんな兵衛の金色の視線を受けてか、アリシアが不敵に笑った。

「性的な興奮をするとドーパミンってのが出るらしいんだけど、これって、アドレナリンとかノルアドレナリンの前駆物質なのよ」

「それが……」

「アドレナリンには強心作用があるわ。心肺蘇生で使用されるくらいにね」

「――――」

なるほど。つまり。

本当に掛値なしに――――アリシア・アークライトの人生全てを懸けて、柳生兵衛と戦ったのだ。

腹の底から、笑いが出てきた。

彼女にはそのつもりはないだろうが……まさか兵衛の一方的な、一人きりで抱えた戦いの理念に……こうも付き合ってくれたとは。

なんとも、見上げたものだ。

心から、見上げたものだ。

故にここから全力で彼女を殺害せんと、握った刀に力を籠め――――

「待ってくれ、兵衛さん！」

アリシアの向こうの階段から、強い声がかかった。

脚塔のたもと。つまりは、あの父娘の居た部屋にもつながる整備通路と接続している場所だ。

ここまで辿り着いたが故に――すべての歯車が噛み合ってここに到達したが故に、白衣を纏ったサイモン・ジェレミー・西郷が、二人の決着に間に合うことになったのだ。

そして二人は視線を交わし、互いに僅かに距離を取る。

やがて、長い脚塔の昇降階段を下った彼は、辿り着くなり胸と股間を隠すアリシアへと、問いかけた。

「……探偵さん、一つ聞かせてほしい」

「なによ？」

「君の依頼人は……私のどの作品が、一番好きだと言っていたんだ？」

何か縋るような意思を込めたその視線にアリシアは逡巡し――それから、吐息と共に口を開いた。

「全般的にどれも好きって言ってたわ。それぞれに良さがある、って」

「……全般的に、か」

「ただ、一番は――」

一度頷き、

「――『春の庭の愛娘《まなむすめ》』、ってタイトルだったわ。他と違って、裸ではない娘さんの絵」

そう告げた。

その青い目に、何一つの嘘もなかった。

否――あるわけがないだろう。彼女は、探偵なのだから。

「兵衛さん……もう、いい……もういいんだ……」

「む？」

廃棄物の山との境界である脚塔の床に膝を突いて、白衣のジェレミー・西郷はその言葉を繰り返した。

血振りを一つ、流れるような動作で兵衛は納刀を済ませる。

「……では、またの機会になりそうだな」

「アンタみたいな危険人物、もう二度と会いたくないわよ」

「確かに。私も、よくよく考えれば……幼気な少女をむざむざ死なせる趣味もないいな」

よくもまあ、いけしゃあしゃあとコイツ……とでも言いたげな目だ。随分と表情が豊かで、面白い。しばらく眺めていたくなる顔だ。

だが、

(この結末にされただけで、俺の負けだ。君の全ての道程がここに辿り着かせたのだからな。だからまあ――この程度の敗者の意趣返しは、呑み込んでもらいたいものだ)

そう内心で呟いて肩を竦める。

「……だからなんでアンタが勝つ前提なのよ、ひょーえ。クソ剣客」

彼女はそう口を尖らせていたが、兵衛としてはそれは雪辱の一戦になることは間違いない。願わくばその日までには、彼女には勝者としての自覚を持って貰いたいものだ。

上着を差し出し、階段に足をかけるように背を向けた。

「まっすぐ家に帰りなさいよ、浪人《ローニン》」

「確約はできないいな、探偵《たんてい》」

chapter9:

調査報告——リポート・オブ・ザ・ラン

GOETIA SHOCK

Goetia Shock I

Cyberdetective Alicia Arkwright

and

ink-painted nightmare

【事件屋《ランナー》】［名詞］**Replacement-Union-Normalized-Number-Employee-Resolver**

衛星軌道国家と地上都市国家の衝突から続いた幾度の紛争と、二度の大規模パンデミックによって引き起こされた国家支配から企業支配への支配体制の移り変わりは、必ずしも企業にとっての福音を意味しなかった。

国家支配ならば保証されていた筈の安全と教育を、新たなる支配者となった企業が担わなければならなくなったためである。

利益以前の運用コストともいえるこれらの解決のために、企業都市国家群は効率的な選択と集中を実施。その結果引き起こされたのは、不均衡な人的資源の勾配であった。

純粋な企業育成人員の損失を避けるための各種の代行業者――それが、事件屋《ランナー》だ。

しかしながら、決して彼らは無力であることや粗悪であることを意味しない。

その上位者は単機にして一企業の私設軍事部門に比肩する――と表現されている隔絶した暴力の持ち主である。

◇◆◇　Goetia Shock　◇◆◇

顔認証や虹彩認証システムが発達したからといって、扉の鍵がなくなる訳じゃない。

俺たちは、その鍵のようなものだ。

そう――……昔先輩に言われたなと、白髪混じりのアリサワ警部は思い出していた。

それは比喩であったが、今彼の目の前にある部屋には確かに鍵が備え付けられていた。

とは言っても、単に随分と廉価にさえなったセキュリティシステムも導入する余裕がない程度の住居というだけだ。

視線の先の兎《うさぎ》の小屋のように手狭な室内には円盤じみたドローンが詰めかけ、そのボディに備えた光学カメラや紫外線ライトを用いて検証を進めている。

鑑識ドローンとその責任者。現場封鎖用のロボット。あとは、スーパーバイザーという名の保安官《アオイヌ》による企業統治法令違反を取り締まる監視者を務めるドロイド――……これが操作の基本形態になっている。

「……どうやら搬送先で一命を取り留めたみたいですけど、多分、脳みそは焼き付いちまってますね。後遺症は多分出るんじゃないかなーって」

そう、タブレットを片手に現れた若い相棒は肩を竦めた。

・・・焼き付き――――脳神経系の不可逆な変容。

補助電脳《ニューロギア》による制御によって人体は管理可能となったが、それでも、限度を超える刺激を受け続ければ神経系が変質する。物理的に脳の一部が駄目になってしまえば、如何なる補助電脳《ニューロギア》といえども制御のしようがない。

中には文字通りに脳に張り巡らされたネットワークに過電流を与えて神経細胞を焼き焦がすなんて事例もあるが――……基本的には、受容体の減少や脳自体の萎縮を指す言葉である。

「快楽失墜症候群《パラダイスロスト》ねえ……」

若い彼が、呆れたように室内を見回した。

生活感のない殺風景な部屋。

強いて言えば、大昔に――或いは今も――路上に残されている落書きじみた極彩色の文字とも絵とも知れないものが額縁に入れられている。それだけだ。

そして彼が手を翳《かざ》すと共に、部屋の中心に浮いていた球形ドローンが青白い光を放って、殺風景な部屋に電脳空間を被せた。ホログラムめいたプロジェクションマッピングの一種。

被害者が接続していただろう仮想空間を投影している。

ある種の、典型的な若者の部屋と言っていい。

現実世界では余計な荷物を持たず、企業が提供する電脳個人空間の中に物を置いている。

更にその中でも特に廉価なサービスであったようで、これらの仮想用具はそれに触れても刺激も与えられないし干渉もできないものであったらしい。全て紛い物《イミテーション》。積まれた漫画も雑誌も楽器も玩具も、何もかもがただの見せかけだ。単に、電子データの購入に伴って部屋の中に置かれていくだけのシンボル。

企業職員になれなかった若者が行き着く、唯一の自由の先。

「今月、三件目ですよ。よっぽどのドラッグでも出たんですかねえ」

「……」

そう呟く相棒役の軽薄な青年は、どこか他人事《ひとごと》のような口調だった。実際のところ、他人事なのだろう。そこに熱意なんてものはない。

結局のところ、下請け業者なのだ。

保安官《アオイヌ》――という称号は、その実、かつてと異なり何の公的な権威も持たない肩書だ。司法職員でも何でもない。業務代行の派遣社員と言っていい。事件屋《ランナー》の一つに数えられるのはそういうことだ。

あくまでも企業都市の司法を担うのはそれぞれの企業が抱えた正社員の執行官《クロイヌ》のみであり、単に、彼らの数が限られている――だからこそ実業務を外部委託する、という形となる。裁判官《ハヤブサ》もそうだ。

警部なんてのも、社内の役職の呼び名にすぎない。

アリサワ警部のようにかつて国家支配の下で司法に携わっていた人間や、或いは義務教育時の二度の適性検査――前期・遺伝子適性検査と後期・遺伝子適性及び環境要因成長度適性検査――によって素質ありと認められた人間に、電子的な法執行活動業務データや司法処理判断基準マニュアルをダウンロードして集めたスタッフ。これも、紛い物《イミテーション》。

ときには、受刑者がそれを行うことさえあった。

統治者クラスの管理者権限にて補助電脳《ニューロギア》を用いて行動の抑制や制限ができてしまうなら、彼らもまた利用可能な人的資源だ。死刑や禁固刑は、この社会においてよほどの特例でない限りは存在していない。罰金刑か、自由懲役刑――職業適性の内から指定された懲役を行いその乏しい報奨金にて懲罰金を返済する――のどちらか。公的サービスの従事者は、それら懲役者で賄われる事例も多かった。

選択と集中。

そして効率性と合理性。

それらが進んだ果てが、これだ。

「あ、オレはそっちで捕まった訳じゃないっス。そっちを聞かれてもわからないんで！」

「……ああ」

アリサワ警部の沈黙を疑念と受け取ったのか、彼はそう手を振って否定した。

ミタマエ＆ヒトゴミ・エンタープライズのグループの末端に属している彼らの派遣会社は、特に、そういうコストの安いワケアリな人材ばかりを集めている。

アリサワ警部も例外ではない。

彼もまた、受刑者だ。起訴直後に懲罰金を肩代わりした返済代行業者への支払いは、乏しい報奨金では利子の分の返済にしかならない。結果、いつまでもこの懲役が終わらない。

いや、そうした仕組みなのだ。この街は。この世界は。

かつて古代に存在していたローマ帝国がその公務員の多くを奴隷で賄っていたように、効率化を望む企業支配者たちは罪人に対して合法的に——そしてひとまずの人道的な言い訳ができる建前だけを整えて——働かせている。社会奉仕活動、社会貢献活動、そして更生プログラムだと。

「それにしてもそんなに凄いんですかねえ……危ないと判っててよくやりますね」

「……補助電脳《ニューロギア》を通じて脳そのものに刺激を加える。人間が脳で動いている以上は抗えない。初期なら抑制プログラムを適用すれば、かつての時代よりニコチンやアルコールやドラッグの中毒症状を容易に断つことができるのに……そもそもその魅力を前に、そんな判断力もなくなってしまうんだ」

「へえ。……うわ、絶対オレは手を出さないようにしとこ。それにしても、警部は随分と詳しいんですね？　そういう犯人を結構見ました？」

「……」

　一度、アリサワ警部は口を噤み、

「……そんなようなところだ」

　そう返す彼を眺めて、青年は僅かに距離をとった。

「やめてくださいよ。実は自分がそうだった——なんてオチは。警部、何で捕まったんですか？」

「……俺は違う。それに罪状を聞くのは社内規定違反だ。お前も聞かれたくないだろう？」

　その言葉に軽薄そうな青年は、何でもないように軽く肩を竦めた。

「や、全然問題ねーっすよ。オレは、企業所有地への不法侵入なんで」

「それは……」

「そーっス。株式戦争の奴隷ちゃんです♡　ま、だからあんま別に後ろ暗いところないんスよね」

　株式戦争。それも、選択と集中の結果だ。

　天災や人災、疫病によってその支配能力に疑問を呈された国家と新たなる支配者として立ち上がった企業による闘争の中、争いは何もその二者だけのものではなかった。

混乱に乗じたテロリストもそうであるし、かつての統一国家に含まれていた地域の独立運動もある。火種は無数にあり、つまり、連鎖する戦争というのは避けられない事実として存在していた。

そんな状況の中で――少しでも戦争による資源のロスを避けようとして生まれたのが、株式戦争という仕組みだ。

そして目の前の青年は、企業所有地への不法侵入――つまりは、元々のその地域の住民であったのに、株式戦争の配当として土地を得た企業によってその私有地への不法な立ち入りであり設定時間までの立ち退きをしなかった悪質な犯罪、として裁かれた人間だ。

奴隷制は、企業支配の下でも否定されている。建前の人権は唱えられている。

だから――――こうなる。

効率化と合理性の果てに、生み出されたものだ。うんざりするほどに行われている、人類全体の存続のための誤差のようなものだとして。

「まあでも、オレ、そこまで気にしちゃいないんスよ。それなりのスコアを出してれば絶対に飯ぐらいは保障してくれますし、ちょっとした行動制限だけでまあ――生活はできますし。あと子供の頃、実は刑事ドラマとかちょっと見てたんでそれなりに楽しくて！」

「……」

「何よりこの街、オレの故郷より全然綺麗なんでね。悪くないっスよ。それに大昔にあって……今もちょっとある……なんでしたっけアレ。ああ、刑務所、なんていうそういう非人道的な設備より全然いいですって。ちょっとクレカの登録ができないぐらいですから」

ねえ、と笑う青年は本当にその言葉程度のことしか考えていないのだろう。

職業適性や学修適性を判断するための、遺伝子解析と環境成長解析――才能というのは必ず因子ごとに遺伝子由来と環境由来の比率があるために――も、効率的。

犯罪をした人間を刑務所という箱にしまい続けて閉じ込め続けるのではなく、いっそのこと労働させて自分で食い扶持を稼がせて安価な労働力として使うほうが効率的。

戦争で何もかも焼き尽くされて人的資源と環境資源が失われるより、免争符《ラックス》で占有率制の非破壊指定権利を売買し、戦争株ですべての市民にとってのビジネスの場にしてしまった方が効率的。

新しい支配者は、奴隷に鞭を振るわない。殴りつけもしない。強制的な搾取も行わない。ただ――首輪を付けるだけだ。システムという首輪を。法という首輪を。

建前、理由、必要性――……整った街並みを見るたびに、それが周到に厚化粧で塗り固められた醜悪さのように感じてしまう。

「……ドラッグに手を出すのも、判るかもしれないな」

そう、アリサワ警部は呟いた。

一見して判りやすい破綻など用意されない。真綿で首を絞められているような閉塞感があるだけだ。それも――彼のように、かつての国家支配を知る人間にとっては。

「え……いや、マジ、冗談でもやめてくださいよ！　不安になりますから！　ここんとこの快楽失墜症候群《パラダイスロスト》の仲間入りとかって勘弁してくださいよ！　警部、社内でも比較的まともそうな人なんですから！　他と組ませるのは勘弁して欲しいっス！」

「まともそう……」

青年のその言葉に、アリサワ警部は自嘲的に笑った。

遺伝子適性と環境適性で割り振られたわりに、青年の見る目は甘かった。まさか――殺・人・者がまともそうと称されるとは。

結局、システムもアプリケーションも完璧ではない。

人間の中にある技能などの文化的遺伝子《ミーム》を継承するには不十分であるのだ。

そのことに、古い人間として僅かに溜飲が下がる気持ちとなり――どことなくやり返せた気分で、久方ぶりに眉間の皺を薄れさせた警部は、若い保安官《アオイヌ》に向き合った。

「なら、まともそうな刑事として熱心に仕事をしないとな。昼の休憩を取らなくなるが、構わないか？」

「え、いや労働法違反……」

「受刑者には労働法も限定的にしか適用されないぞ、ルーキー」

「いいぃ……娘さんに言いつけますよ！　オレ、知ってるんスよ！　警部に娘さんがいるって！　手帳に写真挟んでるんだって！　パパはとんでもない奴って告げ口しますよ！」

「……俺に娘はいない」

「え、じゃああの写真なに……金髪ロリ趣味……？　え……うわヤダ……えっキモ……」

「行くぞ」

青年の肩を叩き、アリサワ警部は歩き出す。

青年は存分に嫌そうな顔をしてから――……頭を掻き毟《むし》って、彼に続くように歩き出した。派手そうな見かけによらず、素直な青年だった。

「で、どこ行くんスか？」

「刑事ってのは、昔から足で稼ぐもんでな。まともそうと言われたなら、せっかくだから色々と教えてやろうと思う」

「うぇー……余計なこと言った……」

「食い扶持のためだろう？　色々と上手《うま》くできた方がお前にもいいんじゃないのか？」

「そりゃそうっスけどー……うぇー……」

狭い廊下のアパートを肩を並べて歩きながら、アリサワ警部は古臭い手帳を広げた。

結局、紙が一番セキュリティに優れている。

「幾らか、電脳潜行者《ジョッキー》のツテがある。ヤサは変えられているかもしれんが、こだわりが強い奴だ。匂いまでは消せない。そう遠くなく見付けられるだろう」

「うぇー……これならオレ、例の怪盗王子事件の方に行っとけばよかった……絶対あっちの方が派手な上に楽だった……」

「美味《うま》い飯屋も教えてやる。ここがネオチヨダなんて呼ばれる前からやってる店だ。味は保証する。バーガー・スシ・バーには行けなくなるぞ」

「……マジ、それ不味《まず》かったら一生アリサワ警部信用しねーっスからね？」

随分と遠ざかっていたやり取りにアリサワ警部は頬を吊り上げ、懐のイミテーション・シガレットを握り潰す。

「にしても……なんでこう流行《はや》り廃りみたいにちょこちょこまとめて出るんスかねえ、この手の患者」

「そういう周期で電脳潜行者《ジョッキー》が開発を行っているのかもしれないし、需要が長じて高値になりすぎて客が離れ、それが原因で安値に戻すことでまた広がるのかもしれん」

「そうっスか？　実際、こう、闇の組織がこれを広げて人体実験とかやってるのかもしれねえっすよ！　そういう立体映画見たことあるっス！」

「……映画の見過ぎだ。現実と区別しろ」

「そういうアリサワ警部は頭が固すぎっスよ。忌憚《きたん》なく言わせて貰うとしたら！」

賑やかに声を交わしながら、二人の保安官《アオイヌ》は雑踏へと進んでいった。

「悪徳の最上たるものは、悪徳すらも恥じない心だ。それらは狼のマントで着飾ることなく忍び寄り、立ち去るときは胸を張った大股で、その悪徳を吹聴する」

――――【四人の王と火盗人】著：ウィリアム・シェイクスピア　ＡＩ人格より

◇◆◇

◇◆◇

夜雨に濡れた石畳の路面を、仄かに滲むガス燈の灯りが舐めるように彩る。

都市工場部の生み出す煙と蒸気の霧の入り混じった青白い闇は、表通りの行き先さえ不鮮明に遮っていた。

スモッグとミスト――それらが入り交じり霞んだ大型工業都市は、しかし、在りし日の情緒的な古き街並みを忘れぬままに近代化を果たしている。

そういう舞台設定だ。

電脳利用者は、その、煙の奥に神秘の残り香が青く燻《くすぶ》る煉瓦と石畳の街に接続する。

かつては夢物語であった筈の自動人形や空飛ぶ車が世に満ちるにつれ、対照的に、これらの蒸気パンク的な光景はある種のノスタルジーと共に幻想的なモチーフとして語られるように変化した。――カレン・アーミテージがそうであるように。

この電脳空間も、大規模な蒸気力学的エネルギーが隆盛した世界線であると銘打たれた没入型仮想現実ゲーム空間の一角だった。

その中の、一軒。歯車的な意匠を追加したヴィクトリアン風の服装に身を包んだ人々が雑多に行き交う通りに面した騒がしいパブの中で、ゲーム内ギャンブルとしてそのチェスは行われている。

指し手は二名。

高級感のある重厚なスーツに身を包んだ中肉中背の白髪の男性と、モノクルを着けた執事風衣装の紫髪の青年だった。

癖毛の青年のその指が、黒のポーンを掴み取る。

『どうでした。例のコードは、使い物になると思いますか？』

『中々面白いね。悪くない、といったところだ』

応じる男性が、白のポーンの開けた筋からビショップを動かした。

隣二つのテーブルでも同様の光景が広がっており、特に彼らに構う人間はいない。ごく普通の、定石通りの立ち上がりからそれぞれが思うままに手を指している状況だ。

そして――彼らの交わす言葉は、誰にも聞こえない。彼ら自身にすらも。

チェス盤と時間を利用した暗号を読み取った解読機によって双方の電脳上で言葉が表示されるだけであり、表向きは、ゲームのサーバーにさえ何の会話も記録されていないのだ。

ここにはただ、VRゲーム内でチェスを指す者だけがいる。

『絵で表された何か特定のプログラムが読み込まれたり補助電脳《ニューロギア》がクラックされたりした……というよりは、その画像パターンが何らか僕らのニューロンを刺激して、その活動電位を観測する時の補助電脳《ニューロギア》の信号パターンまでもが複合して不可思議な誤作動が起きたといったところかな。まあ古くは閾下知覚《サブリミナル》という細かな原理は解明されぬまま禁じられたものもあるし……この世の不可思議さに暇はないよ。脳内にネットワークを張り巡らせることはできても、まだ僕らは脳機能全てを把握した訳ではないからね』

老人が淡々と打つ手と共に一際の長文が繰り出され、青年は肩を竦めた。

そのまま背後を――――ビジネススーツ姿の長身の、現実の彼が背後を振り返り、頷く。

「だそうだ。良かったたな」

電脳の文字列が、他者に聞こえる筈もない。独り言に等しい。

港湾部に数多《あまた》に積まれたコンテナのうちの一つの内側に立つ彼の背後では、ブルーシート上に両手足を縛られた少年が転がっていた。

ジェイス・D・ガスの協力者――――。

脱法電子ドラッグたる二次元マトリクス・コードの売人であった彼は、猿轡《さるぐつわ》を噛まされてそこにいる。その隣では、既に彼の仲間が、ドローンに中枢神経系を支配された清掃用ラットに淡々と捕食される死体として横たわっていた。

「では、呼びますか？」

　癖毛の彼の端的な言葉に合わせて、電脳空間上の自動化された彼自身のアバターが速やかにチェス盤の手を進める。

『そうだね。できるだけ、色々な方法で快楽失墜症候群《パラダイスロスト》を試しておきたいところだけど……でもこれ、そこまでの強度はなかったからねえ』

『トリップ性能は薄い、と？』

『どちらかというと、個々人がそれまで体験した刺激を想起させている意味合いが強い。言ってしまえば記憶の発掘の一環だろうね。で、快楽失墜症候群《パラダイスロスト》を起こすには――』

『もうすでに快楽失墜症候群《パラダイスロスト》同然になっている必要がある、と』

『そんな形だ。残念だけど……そこまで優先性はないかな』

　その後幾らかのやり取りを済ませた彼は、そのまま無感動に現実の自分のそばに転がる少年に目をやった。

　懐から葉巻ケースを取り出し、

「やるかな？」

　一本を摘み、一瞬遅れて少年が頬を強張らせながら小刻みに首を振ったのを確認して、彼は咥えた葉巻にオイルライターで着火した。

ジジジ、と煌々とした火を抱える葉巻。存分に口の中でフレーバーを楽しんだ彼の口から、煙が吐き出され――――ない。

葉巻ケースに記された二次元マトリクス・コード。

オイルライターは火打ち石が切れ、葉巻は、その先端に赤いＬＥＤライトが仕込まれたイミテーション。

全てが紛い物だ。

それを、彼は、気に入っていた。

「結局の所、現実というのは、脳の見る幻想だ。かの臨済宗の臨済義玄《りんざいぎげん》もきっと喜ぶだろう。ああ、そうだ……そうなんだ。すごくいい」

恍惚と、癖毛の青年は煙を吐き出す。幻想の煙を。誰にも見えない煙を。

それを続けてから、屈み込んで、言った。

「ここで死ぬのと、永遠に生きるの。どっちが君の好みだろう？」

「――――!?」

◇

◆

◇

この社会でやっていくには三つの鉄則がある。

一つ——非専有流動地域《レッドエリア》で酒を買うな。
二つ——企業直轄地域《グリーンエリア》で銃を買うな。
三つ——共同統治地域《ホワイトエリア》で喧嘩を買うな。
そして鉄則にもならない大原則——四人の巨王《ビッグフォー》の不興を買うな、だ。

——ある事件屋《ランナー》の聖句

◇◆◇

灰色のテーブルは、本当に、取調室じみている。
そこに似つかわしくない学園の制服を纏ったアリシアに向けられる好奇の視線は、何某《なにがし》かのインモラルさを見出そうとしているというのか。或いはそれは丈を余らせた男性用のトレンチコートを纏っているからかもしれないし、痛々しく包帯巻きで吊った左腕を見てのことかもしれない。何か事件に巻き込まれた良家の女子にでも見えているのか。
そんな視線を瞼《まぶた》の筋肉への容赦ない直接通電によって遮るアリシアの目の前には、スーツ姿の依頼人がいた。

執筆ドローンに代行させた紙面の報告書を眺めた優男の彼は、

「そうですか。……娘さんの療養に」

「ええ。プログラムの不具合のせいで、相当酷いことになってるみたいよ。筆も殆ど置いているとか」

どこか寂しそうに顔を伏せた。

彼は、アリシアが用意した紙のレポートを興味深そうに捲っている。なんとも時代遅れと言えるが、電子媒体での報告書はセキュリティの面から避けられる。大切な内容は紙で記録して、更に読み取り者の記憶をロックするのが企業のスタンダード——などと言われるほど。

結局のところ、娘の件については……ジェレミー・西郷の同意のもと、レポートに記載していた。それ以外の経緯は、アリシアは不要と判断した。

娘を気遣う父がいた。それだけで、十分すぎる。

「……でも、安心しました。生きていてくれたら、まあ、いつか良くなる日も来ますからね」

「そうね。……それを願うわ」

脳神経系への不可逆な——器質的な変化は、電脳魔導師《ニューロマンシー》の力でも治せない。物理的に変質してしまったものには手は及ばず、そして、例に漏れず電子ドラッグも器質を苛むものだ。

あの親子があれからどうするのか。

それはアリシアにも、依頼人にも及ばないことだ。願わくば――二人で歩き出し、いつの日か、それが癒えることがあって欲しいが。

ストロベリーフレーバーのフレッシュミルクの氷が音を立てた。にわかに、静寂に包まれる。

ぽつりと――……

「そういえば、どうして『春の庭の愛娘』が好きなの？」

「え？」

「そう言ってたでしょ？　あたしが前に聞いたときに」

努めて世間話の雑談のように。

目の前の彼にとっての何気ない救いになった絵は、そのことがまた別の人間の救いにもなった。その事実を、知りたかった。

そして、青年はおもむろに口を開き、

「ああ――……いやほら、あの娘さんの裸ばかり見てる訳じゃないですか。それだと段々と感動が薄れていくんですよね。やっぱり着ている服を脱いでるって特別感が大事な訳ですよ。それに普段こんな清楚な格好をしている娘が脱いだらああなんだなあ……って思うと感動しますし、こう、俺はこの子の裸を知ってるんだぞ？――みたいな優越感が湧いたりなんかしちゃって。そういうのもあって傑作なんですよ！　あれの評価が悪かったなんて、男として低レベルとしか言えませんね！」

「…………………………」

なんだこいつ。

行く前に聞いてなくて本当によかった。言ったらその場で銃を乱射されていた。

なんだこいつ。

そりゃあの父娘も気を病むわ。

なんだこいつホント。

「勿論、それだけではなく――あの墨絵を用いた古典的印象派的な技法も良くてですね。単色で表現しているというのに、濃淡だけでああも変わるものかと……風に靡く彼女のスカートの繊維さえ幻視するぐらいです。そこが一番なんですよ。あれが本物なんです」

「本物？」

「思うにＶＲものの映像っていうのは、結局は紛い物《イミテーション》な訳じゃないですか。現実の映像を綺麗に切り貼りしていようとも、です。わかりますか？」

「や……全然……」

「それはあくまでも現実の映像であって、俺が欲しい理想の映像ではないんですよね。その辺、想像力で補わなければならない不完全なものこそ、個々の完全な理想が投影されていて……そちらが俺にとっての本物なんですよ、って。現実よりも、想像の方が俺にとっての真実なんです」

いい話風に言ってるけど、アンタあの子の裸に興奮してただけだからね？

そう言わないだけの理性がアリシアにはあった。というか疲れがあった。いい話としてまとめて欲しかった。あれだけ恥ずかしい目にもあったし大変な目にもあったので、本当に何から何までいい話にして欲しかった。記憶消したい。

まあ――……そして依頼人が立ち去ったあとの席で、一人呟く。

「事実は一つだけど、真実は視点の数だけある……か。そして事実は人を必ずしも幸福にはしない、か」

物憂げに窓の外を見る。

大変な仕事で――だからこそ余計に感傷的になっているのかもしれなかった。

そして、店を後にする。

表通りを進む車列の反射光が眩しく、訳もなくセンチメンタルな気分になって――

「む」

「げ」

相も変わらず二本差しを腰にぶら下げた白髪の眼帯青年と遭遇した。

あれだけのことがあったというのに涼しい顔のまま――なんの緊張感も見せずに、彼はまっすぐに歩み寄る。アリシアと間合いを近付けることに、何ら心理的生理的な硬直もなしに。

そのまま、すれ違うような形で通りに足を止めた兵衛が――言う。

「息災そうじゃないか、探偵」

「……お陰様で傷物にはならなそうよ」

「そうか。残念だ。その時は、責任ぐらいは取ろうと考えてはいたのだがな」

「……ゾッとしない冗談はノーセンキューよ」

冷静と言うよりは飄々と、気心の知れた仲のような声色。

そういうところが、やはりいけ好かない青年だ。殺し殺される間柄となったのに、何ら思うところもなく――……これでは身を固くするアリシアの方が、馬鹿みたいだ。

柳生兵衛。

今は、あの事件の前のような対抗意識は薄れ――事件屋《ランナー》として彼に一目を置く気分にはなった。だけど、それだけだ。これまで出会った中でも一番の危険人物で凄腕。馴れ合う気には到底なれない相手で、まあ――……本当にその腕は認めている。そこだけは本当に素直に。あれだけの物量攻撃を叩き付けて直撃の一つも受けない業前は、尊敬に値するだろう。その点に関しては、まあ、認めてやってもいい。ちょっとは。ほんのちょっとは。

まあ、うん、ちょっとだけ。

そんな黒衣の青年は肩を竦め、

「そうか？　これでも私としては本気なのだがな。お前を恋人にするのも悪くない」

「――――!?　なっ、なにっ、なにょいきなり!?　トチ狂ったの!?」

「うん？　あれほどできる女なら、俺としても敬意に値すると思っただけだ。強く美しいなら、そう評価しても問題ではないだろう？　お前のその意思も機転も目を見張るものがある。外見だけでなく、お前はその内面も美しい。少なくとも傅《かしず》きたくはなるほど。俺は、お前を認めているよ。アリシア・アークライト」

「――――――!?」

なにを。にゃにを。

何をいきなり口走っているのだこの男は。いきなり。往来で。人の目あるのに。信じられない。こんなに軽く。女の子に。そんなこと言う。本気で。

ばか。しんじられないばか。ばか。ばかおとこ。

「まあ、冗談だが。生憎と良人や細君を斬る趣味はないのでな。お前を恋人にしてしまっては、斬り合う機会がなくなってしまう。んふっ。それはチと、残念が過ぎるだろう？」

「…………………」

……訂正する。

やっぱりコイツさいてー男だ。クソ剣鬼だ。一瞬たりとも気を許そうとしたのが馬鹿だった。こんなに浮ついた言葉を吐くなんて信じられない。さいてー男。クソ剣鬼。セクハラばか。こんなやつ、いくら顔がよくても願い下げだ。

顔だけがいいのが本当に腹が立つ。天はコイツに何物与えてるんだろうか。

思いっきり眉間を右手で押さえて、溜め息を漏らす。

「……で？　なに。用がないならいくわよ」

「いや、そう怒るな。美しい、と言ったのに誤りはない。十分に魅力的だ。そこは俺も、伊達や酔狂で口にできるほど女人に長じてはいないものだ」

「うっさい。一々口説かないで。アンタみたいな軽薄男こっちから願い下げよ。次にふざけたこと言ったらアンタの裸踊りの写真をネットにばら蒔《ま》くわよ」

「ほう。……では、その素材を提供した方がいいか？　随分と積極的に誘うのだな。ま、俺の方もあの夜に存分に堪能したからこれでお相子としておくか？」

「――――っっっ！？！？！？」

「……俺が言うのもなんだが、こんな軽口でそこまで。いや、すまんな。次からは配慮しよう。風紀を守る規則意識はあるようだな、学生」

〜〜〜〜〜〜〜っっ、クソセクハラ男！

かろうじてそう怒鳴らなかった自分を褒めてやりたくなった。えらい。えらいアリシアえらい。

逆立ちそうになる髪を呼吸で抑え、腹の底からの吐息と共に首を振る。

完全にこの男にいいようにやられている。あの冷静そうな顔を全部大嘘にしたこんな男に。初対面のあの冷徹さはどこへやら。コイツ、元来はかなりいい性格をしてる。

「……で、わざわざ何の用なのよ。本気で通報してやるわよ」

「声かけ事案は不味いな。なに、忘れ物を届けようかと思ってな」

「忘れ物……？」

後ろ手に差し出された紙袋を右手で受け取る。

包帯で固定された腕と胸で包みを挟み込み、その紙袋を開いてみれば――見えたのはピンク色の布だ。

ひらひらと。

摘まみ上げるそのまま、路上に漂い落ちた。

片側のゴムが切れたショーツと、大きなブラジャー。

喫茶店の窓越しにアリシアを横目に見ていた客たちが、一斉に路上を見た。

「取り戻しておいた。礼はいらん、探偵」

「死ねっっっ！　このクソセクハラさいてー男っっっ！」

思いっきり後ろ回し蹴りを振り抜いたが、まんまと躱されてしまった。

そのまま彼は去った。次に出会ったら絶対に顔面にぶち込んでやると、そう決意する。

そして——その紙袋の奥底に。一枚のカード上の紙片が眠っていた。

「……？」

指で摘まみ上げてみれば、そこに描かれていたのは白黒ドットが不規則に並んだ印刷物——二次元マトリクス・コード。

げ、と顔を顰《しか》めた。あれだけの出来事があった直後に贈られるのは悪趣味が過ぎる。柳生兵衛は、そういうデリカシーが欠けているか——それとも意図して片笑いでやるか。そういう青年だ。

心底うんざりした気分になりながら……また、溜め息。

「これで裸踊りのデータだったら、アンタ本当に社会的に再起不能にするわよ？」

口を尖らせながら視覚的に読み取る。

補助電脳《ニューロギア》を伝わる神経パルスが、すぐに、そのデータのデコードを開始する。

どうやらプログラムですらなく……なんの変哲もないデータファイルの圧縮形らしい。

まあ、それすらも偽装というのも有り得るものだが……おいそれとクラッキングを受けるアリシアではない。

街路樹を華麗に躱した配送ドローンが頭上を通り過ぎるのを見上げつつ、アリシアはおももろにファイルを再生した――――。

二点ほど伝えようと思う。

まず一点。サイモン・ジェレミー・西郷に関しては、現行法で裁くことは難しいという点だ。やろうと思えば如何ほどにもできるが、言わば、あの男の行ったトリップコードというのは補助電脳《ニューロギア》の不具合を利用した形のものだ。それを表に出せば、同時に、その不具合に関してオニムラが他の企業から糾弾されかねない問題を抱える。何としてもオニムラ側で事件を表に出さないように取り計らうであろうし――……他の企業の手前、彼を不用意に消すこともできない。その点で、どこかが余計に刺激しない分にはあの親子の安全は図られていると推測していいだろう。少なくとも、企業筋に関しては……だが。

二点目。こちらが、不味い問題だろうか。

あの後に捜してみたが……ジェイス・D・ガスの姿が確認できなくなっている。身を隠した上で、あの男個人の復讐である――というならば、お前ほどの腕なら如何ほどにもできよう。だが、奴は、ジェレミー・西郷の電子ドラッグを外と取引していた。買い手がいるのだ。

単なる非合法組織というなら、やはりお前なら何とでもなろうが……そうでない可能性もあり得る。十分に警戒をしておいてもよいだろう。この街では、臆病さを失ったものから消えていく。目を凝らして息を潜め続ける者こそが、真に勇敢であろう証と言えよう。

無論、今更お前に語るまでもないことであろうが。

そして……この事態に関して、もしも危急であるなら、私を頼ってもいい。連絡先を記しておく。直通でこちらに繋がるようになっている。その時は、優先して対処しよう。

とは言っても——……お前は自分で解決を図るのだろう、電脳探偵アリシア・アークライト？

そう、いやに達筆で記された手書きのテキストの画像データを再生した二次元マトリクス・コードの記された紙を握り潰す。

補助電脳《ニューロギア》も持たない生身の偏屈男がそれらのエンコードを行ったとなると、誰かにわざわざ依頼したのだろうか。

御大層なことだと、丸まった紙片をトレンチコートのポケットに仕舞い、

「……フン。アンタに言われるまでもないわよ」

口を尖らせ——それでもどこか上機嫌な足取りで、アリシアは歩き出した。

◇　◆　◇

右手で鍵を弄び、表通りの脇に停めた大型胴のアーバンレイヴンに向かう。

車体スタンドを有さず、停車のために車体を沈めた可変ホイールは、どこか翼を畳んで地面にくっついて眠っている大鴉のようで愛らしい。

何度か車体を撫でた。銀色の重金属混じりの黄砂。今も深刻な汚染を引き起こす飛来小惑星由来の新型重金属が多いこんな日は、表を歩こうという人も少ない。だからこそ車上荒らしや盗難も起きるのだが——現にそんな不埒な輩《やから》が使用していたドローンとドロイドが、二輪車の傍に転がっていた。アリシア以外の接続者には、強烈なカウンタークラックをお見舞いする仕掛けとなっている。ご自慢の空飛ぶバイクだ。

防塵ゴーグルと頸椎保護の硬化型ネックガードを引き上げたその時だった。

『アロー、アロー、アロー、アリシア。女性休暇はまだ活用中？　今月何度目かしら？』

「……それセクハラになるって知ってる、カレン？」

いつも通りのアンニュイそうなのに多弁な読書家からの通信。

色々と世話になったのは事実だが……そもそもあの電脳非対応都市の案件がカレンから渡されたと思うと、どうにも顔を顰めてしまう。最終的に請けたのはアリシアだが。適材適所と呼ぶには外れを引いたとしか言えない仕掛《ラン》けだ。

幾分か他愛もないやり取りを済ませた後に、カレンはおもむろに本題に入った。

『で、貴女に依頼があるのだけど……お手隙かしら、ホームズさん？』

「ポアロの方が好きなの、あたし」

『そう？　どちらかと言えば、エルキュール《ヘラクレス》に腰蓑《こしみの》を剥がれるアマゾネスに思えるけど』

　誰がアマゾネスだ。どっちかと言うとニンフだろうに。

　そう言ってやりたかったが、厭世家で皮肉屋で読書家の情報屋《フクロウ》相手に余計なことを言えば、更に二言三言が乗せられて本題から外れかねない。

　やれやれ——と肩を竦め、吐息を一つ。

「で、何よ。言っとくけどあんなのはもう二度と御免よ？　一歩間違えれば本当に危なかったんだから……最低でもレッドエリアに留まる依頼にしてくれない？」

『そう。なら安心よ。今度はホワイトエリア。企業共同統治都市』

「へえ？　場所は？　スンプ移動要塞都市《フォートシティ》あたり？　第五キョート？」

『いいえ。今時珍しい非要塞都市。関所《ゲート》なし。海に面して、夜景は絶景』

「ってなると……」

　しばし逡巡したアリシアは、

「……ネオチヨダ《ここ》？」

『あら、流石ねアマゾネス』

「どーも。その回りくどい喋り方は探偵への憧れ？　ご希望なら代わってあげても構わないけど？」

『丁重にご遠慮させていただくわ、ミス・ディテクティブ。あわや二十年物の処女を奪われそうになった女探偵さん？』

「まだ二十年経ってないわよ!?　勝手に四捨五入はやめなさいよ！　乙女の数年を軽視するな！　あと奪われそうになってない！　あれは作戦なのよ、作戦！」

そう、作戦。

相手が低俗でプロ意識の欠片《かけら》もないことを利用して内側に潜り込む作戦。トロイの木馬とロキが女装して巨人の首を掻っ切った事件のアレンジ。

そういうことにした。することにした。そうでないとちょっと耐え難かった。あれからまだ夢に出てきたり、色々思い出したりする。

だからそういうことになった。した。オーケー？　アンダスタン？

『そう？　なら女スパイに転向する？　……その大きな胸でセンサートラップを躱せるとは思えないけど……』

「先月よりウエストが大きくなった女に言われたくないけど？」

『……あら。ハラスメントね。この通信は記録に残させて貰うわ』

「裁判官《ハヤブサ》のパパと弁護人《テンビン》のママに言いつけるって？　子供の喧嘩に親を呼ぶのって切腹案件じゃないの、この土地」

『家族間で隠し事はしない主義なの、うちは』

よくもまあ言う、と苦笑が漏れる。

娘が電脳空間でストリップショーまがいの賭け事を行っている、なんて知ったらその手のお堅い両親は卒倒するだろう。警官だったアリシアの父——義理の父であった男性も、未だにアリシアがこんな稼業をしていることに難色を示しているのだから。

まあ、何はともあれ……日常だ。

あの悪魔的な建造物と冒涜的なオブジェと毒々しいアートが彩る非電脳的都市ではない。空母じみたトラックを母艦にして飛び立つドローンの群れと、立ち並ぶビルの壁面に森林自然風景を映し出す欺瞞的な電脳都市。

取り繕ったそれを見るたびに厭世的な気持ちになったものだが……今はそれが懐かしかった。自分も随分と物質主義的現代社会に染まってしまったものだ。

「それで今度は？　猫探し？　鼠退治？」

言いながら、アーバンレイヴンを起動する。

沈んでいた車体が持ち上がり、管制情報が車体ディスプレイと視界の両方に情報を投影する。自動操縦オン。合流要請。これで、あとは両手離しでも目的地まで導かれる。

一先ずは、あのヘンタイ剣鬼に叩き切られてしまった銃器の新調。あとは、同じくヘンタイ剣鬼に握り潰された左腕の再生治療だろうか。既に体細胞をダイレクトリプログラミングした幹細胞フィルムは病院にストック済み。そのほか、炭酸アパタイトと活電パッチで骨折治療、超分子薬・高周波パルス治療で神経再生を、シトクロムCオキシダーゼ活性赤外線レーザーでミトコンドリアを刺激して全般的な治療促進を。全く便利な世の中だと、他人事のように吐息を漏らす。……まあ、全部がオーガニックで高くつくが。

生身に拘る感傷。

それが先ほど出会ったどこぞのヘンタイ剣客を想わせて、首を振って頭から追い出す。アレと同類扱いなど絶対にお断りだ。

「言っておくけど、始末人《モンド》とやり合うのは当分御免よ」

『あら、普段は「機械に頼る三下に後れを取るつもりはない」――なんて言っておいて』

「機械に頼らないド変態に出会ったからよ。あたしは学習能力と知能指数が高いの」

『……男の味も学習した？』

「ドセクハラ！　アンタの個人情報をネットに流すわよ！」

『データハラスメントね。やれやれ、探偵というのはそこまで謎をオーディエンスに広げるのがお好きなのかしら』

そうこう言い合ううちに、アーバンレイヴンが動き出した。調整された車の流れに合流する。

管理された社会。

管理された物流。

選択的な集中と効率的な成長を標榜し、何もかもを経済の一環に組み込んだどうしようもない支配者たちの座す摩天楼へと都市の鴉《からす》が流れていく。

「それで？　さっさと本題に入りなさい。そろそろ痛み止めが切れてきそうなの」

『脳内物質も操れる電脳魔導師《ニューロマンシー》の言葉としては説得力に欠けるわね。……まあ、別に勿体ぶる案件でもないんだけど……都市伝説ってご存じかしら、名探偵さん？』

「入れ替わり《スナッチャー》とか呪いの電脳体験《サッド・エイコー》とか赤い機械義足《レッドシューズ》とか？　……ゴシップ記事の調査？　それ、本当にあたしの出番？」

『ええ。学園の子からのちょっとした依頼よ。どれだけそれが小さくても、真実を確かめるのも、探偵さんの仕事でしょう？』

「真実、ね」

カレンの言葉を聞きながら、その言葉を噛み締める。

真実――――真実というのはきっと、人の数だけ存在する。サイモン・ジェレミー・西郷にとっては自分が家族を愛していた時の絵が一人の勤め人を救って、依頼人にとっては癒しになった。ジェレミー・西郷が望まずに描き続けたアカネ・アンリエッタの肖像が彼にとっての癒しになった。そこにある事実を、どんな真実という額縁に入れるのかは観測者の主観による。

知るのがいいのか、知らぬのがいいのか。

知らせるのがいいのか、知らせぬのがいいのか。

自分なりに答えを見付けたと思っても、また迷いが生まれてくる。問いかけはどこまでも湧いてくる。

そんな懊悩《おうのう》と向き合う己は、道化のような物なのかもしれない。

それでも――

「あたしは探偵。電脳探偵、アリシア・アークライトよ」

そう呟いて、アーバンレイヴンの速度を上げた。

都市を横切る高架ハイウェイ。未だに飛び舞う重金属砂の中では、普段は滞りがちなそれも存分に流れていく。

遥かに望むは天を突くような円錐ビルディング――《生命の木《セフィロト》》。

企業支配の象徴。

取り繕われた建前と、そこで蠢く薄暗がりの現身《うつしみ》。

それでも譲ってやるもんかと――青い瞳を尖らせ、アーバンレイヴンに跨ったアリシアは駆けていく。緩やかなカーブを描いたその道を。アリシアは、一直線に駆けていく。

ふと。

補助電脳《ニューロギア》が、電子の波を放つ。

「……カレン」

『何かしら。ツチノコでも見付けた？』

「いたわ」

『何が』

「首無しバイク騎士」

『え』

「首無しバイク騎士、いた。ホントにいた」

『視覚データを送って！　言い値で買うわ！　これはすごい発見よ、アリシア！　実のところ私、あの賭けをやりながらずっと探してたんだけど今まで出会うことがなくて——ねえ、聞いてるかしら探偵さん？　待ちきれないわ。口頭でいいから外見を教えて。どの説が正しいのかしら。主流なのは手足がバイクと一体化してるシラミズ説と、胴がそのままバイクから伸びているレイモンド説があるんだけど——』

「……アンタそんなタイプだったのね。そう……。いや、うん、いいけど」

進んでいく。

まだ見えない真実へと——向かって。

アリシア・アークライトは進んでいく。ネオチヨダブロックという企業都市へ、進んでいく。

chapterEX:

ようこそケモミミフレンズ

GOETIA SHOCK

Goetia Shock I:
Cyberdetective Alicia Arkwright
and
ink-painted nightmare

黒髪の少女は鼻歌を歌いながら、手摺りに凭《もた》れかかって沈みゆく夕日を眺めていた。

アカネ・アンリエッタ・西郷。

補助電脳《ニューロギア》のバグによって発作的に人格を喪失する彼女は今まで古城から出ることはなかったが――……今はこうして、海上フロート下面の整備用通路ではあるものの、外の空気に触れることができている。

「アカネ、そろそろ日が沈むよ。戻りなさい？」

「でも……もう少し見ていたいわ、父様。だってこんなにも綺麗なのよ？」

そう微笑《ほほえ》んで、アカネはまた海を見た。

夕焼けという言葉の通りにまるで硝子《ガラス》細工を散らした溶岩じみて海は赤く輝き、空には炎を纏った大きな不死鳥めいて雲が駆け、やがてくる夜と星の帳《とばり》が青深く迫りながらも、煌々とした太陽の光が巨人の腕めいてその境界を支えている。

海風が頬を撫で、黒髪を揺らす。

いつぶりだろうか――静かに全身で喜びを表現する愛娘を眺めたジェレミー・西郷は、小さな吐息と共に同じように手摺りに身を預けた。

「ねえ、父様」

「何かな、アカネ」

「探偵さんに、お礼を言わなくっちゃ。だって――……またこんなに素敵なものを、見られたんですもの」

「……」

娘の笑顔に、それだけ、ジェレミー・西郷の胸は痛くなった。

今までの彼はこの街に来てから、それだけ、娘の笑顔の機会を奪っていたのだから。

「もう。……駄目よ、父様。すぐそんなふうに悩むのは良くないわ。天国の母様に叱られてしまうわよ」

「はは、そうだったね。うん……そうだ」

自罰に向かいがちな思考を打ち切る。

あの――事件の後、アリシアから一つ言われていた。

『言っておくけど……どう責任を取りたいのかは勝手だけど、お父さんが娘さんから離れるのだけはやめなさいよ。すごく傷付くのよ、それ』

何か自分の経験のように語る彼女は――口を尖らせながら、告げた。

『あなたと娘さんについて……そうね。あたしでも治せないけど、多少のやり方はある。要するに、その武器で人を襲わなければいいんでしょ？　だから――二つ条件付けしたプログラムを仕込むわ。一つ、例の発作が起きたとき。もう一つ、その装備を付けたとき。その条件二つが重なったときに、その娘を電脳的に別の空間に接続するようにしてあげる。本当は眠らせたいけど――……暴れなきゃ気が済まないかもしれないから、一応』

そうして彼女は、古城の設備を使用しながら二日ほど何かプログラムを組んでいた。

仔リスのように食料を頬張り、作業を続けること四十時間強。

やがて小さな過半記憶媒体を差し出したアリシアは、溜め息と共に言った。

『適当に汎用人工知能《AGI》使ってゲーム作らせたから、あとはそっちで暴れればいいでしょ』

『ゲーム？』

『刺激信号をフィルターにかけない特製のヤツ。高度に発展したゲームは、現実とそう変わらないわ。オンラインに繋いでおけば、細かいグラフィックは勝手に収集して改善するようにしておいたから。……言っとくけど、サーバー代ぐらいは自分で払いなさいよ？あと、個人での使用はともかく公開したら違法になるから絶対に外に出さないこと』

やれやれ――と肩を竦める彼女は、まさしく物語に出てくる魔法使いのようであった。

そのおかげで、今は、アカネが人を襲う心配をしなくていい。代わりに突如として睡眠に落ちるようにゲーム世界に旅立つようになってしまったが――……それは今までの心配に比べれば、随分と可愛らしいものだった。

……いや、一つ、困った問題がある。

それは、娘が、随分なゲーム批評家になってしまったことだ。

発作のときだけ、衝動の代替として架空の斬撃と架空の人間が居ればいいだけのものであった筈のそのゲームを――……なんと困ったことに、起きている間もプレイするようになってしまったのだ。

その結果、もっと歯応えがある戦闘がしたいとかストーリーが欲しいとか仲間キャラクターが欲しいとか音楽が欲しいとか――ただ物語なく暴れ回るだけだった筈のその無機質な世界は、今や娘の望みをおもちゃ箱のようにちりばめた空間になってきていた。

そして、そうなると元々が凝り性だったジェレミー・西郷にも火がついた。

自分がデザインしたモンスターやオブジェクトを活かしてみようとか、妻がかつて作った衣装をゲームに使ってみたいとか、どうせなら示唆に富むストーリーを入れようとか、教育にも役立つ仕掛けを入れてみようとか――……とにかく色々だ。

すっかり画家ではなくゲームディレクターになっている。

ジェレミー・西郷の今目下の悩みは、娘が旅のお供を欲しがっていることだ。それも男性が二名。細かく聞き取ってラフを描き上げたそのキャラクターたちは、どこか柳生兵衛とアリシアに似ていた。おまけにその両名がどちらもアカネに対して好意を向けて争うようなラブロマンスがいいと言われたので……父親として本当に悩んでいる。

まあ――……海上フロートの、管理足場を夕風が吹き抜ける。

今までの深刻な悩みが随分と細《ささ》やかなものになったので、彼としても歓迎するところだった。いつの日か、補助電脳《ニューロギア》のバグが直ったその日には——娘にも、彼女が進みたいと思う未来がある。それがどれほどの祝福なのかは、父であるサイモン・ジェレミー・西郷にしか判らないだろう。

「……父様」

「何かな?」

「ずっと……ごめんなさい。父様の迷惑になってしまって、ごめんなさい」

「アカネ……」

ぽつりと漏らした彼女を、ジェレミー・西郷は強く抱き締めていた。

落ち着けるように背中を叩きつつ——そこにある補助機械義肢の感触に苦笑しつつ、彼は穏やかに語りかけた。

「昔、私のお祖父《じい》さんも……アカネのひいお祖父さんも、色んなことを忘れてしまうようになったんだ。私の顔も、お祖母《ばあ》さんの顔も分からないくらいに」

「父様の……お祖父様?」

「ああ。だけれども私は悲しくなかった。何故だか分かるかい?」

父の問いかけに、アカネは首を振った。

「どうして、父様」

「それはね。お祖父さんが嬉しそうに話していたから。孫と登山に行った、と。綺麗な山だったと。すごく嬉しそうに。何度も何度も、色んなことを忘れても言うんだ。楽しかったって。綺麗だったたって。子供の私との思い出を、本当に嬉しそうに喋っていたんだよ」

「……」

「あの人の中にもう、今の私はいないのかもしれない。だけれども――そうなっても心の中に焼き付くくらいに、昔の私との思い出を大切にしてくれていたんだ。私は、それがたまらなく嬉しくてね。私を忘れても嬉しそうなのが嬉しかった。それで――記憶を頼りにその時の山を描き始めたのが、きっと私にとっての画家としての始まりだったんだ」

膝を折ったジェレミー・西郷は、陽光に横顔を染める娘と目線を合わせて頷いた。

「アカネもそうだ。君がああなっても、父さんと母さんとの思い出の中にいてくれたことが嬉しかったんだ。他のどこでもなく、私たちのところに。それが、本当に嬉しかったんだよ。だから――迷惑なんてことはない。私がアカネを迷惑に思うわけがないだろう？」

「父様……！」

頬に涙を伝わせた黒髪の少女が、夕日の中で父を抱き返す。

そのまま二人は、強く抱き締め合っていた。

ああ――きっと、それは何かのホームドラマのように感動的な光景だろう。

「父様……その、お願いがあって……」

「おや、私のお姫様は随分と現金なことを言うようになったんだね。それで、なんだい？　今、新しい衣装については――」

「えっと……登場人物の……方で……」

「……ああ」

金髪の方だろうか。白髪の方だろうか。

娘は、こう、精力的だった。

乏しい海上フロートのオンライン回線を使いながら娘が古典的アニメーションサービスや立体映像的アニメーションサービスや仮想体験的女性向けシミュレーションゲームサービスに接続しているのを目の当たりにしてしまった。それらのキャラクターをモチーフにして、彼女自身を登場させる小説のようなものを日記に書き始めていた。拙いが熱意はすごくあった。時々それを読み返しては、ベッドの上でバタバタと転げながらも枕に顔をうずめていた。なんだかすごく複雑な気持ちだった。

「その……きっと、お外の方だと思うのだけど……朝、船でこちらに来るのを見て――」

そう、短距離通信で視覚画像が投影される。

フードを目深に被った長身の男性。

僅かに覗いた口元からは、確かに彼が整った目鼻立ちをしているというのは分かる。でも、それだけだ。不審者の一種にしか見えないが……

「わっ、わたしには判るわ！　きっとこの方は少し乱暴そうで危険そうで強引な方なのだけれど、きっと情が強い方で心の中には昔の淡い恋心を大切にしまっている方なの！　何をするにもふと今の自分の隣にその方がいないことを苦々しく思ってしまって——それを忘れるために危険なことや悪いことに手を出すんだけど、心の中ではそれを楽しんでいない方なの。本当は心優しい方なのよ。だから思い出の品なんかを大切にしているわ」

「…………」

「その危険な香りに引かれて色々な女性からも彼はアプローチされているんだけど、軽々しくそんな方たちに応じながらも彼はきっと全く心を許していないし、そうして振舞っている自分自身にもそんな自分を良いという人にも彼はきっと嫌な気持ちを覚えてる。それで……それでね、父様？　聞いている、父様？」

なんで身長と口元しか分からないのにそんなに設定を考えられるの。

父様にそこからどうしろというの。まさか描けというの。

二次元に娘の姿を幾枚も幾枚も描き留めたが、別に二次元に旅立ってほしかった訳ではないのだ。このままだとこの娘は違う意味で帰ってこないかもしれない。たすけて。

◇

◆

◇

それは、構造だけなら古式ゆかしい西洋城であった。

「どうすんだよ、オレたち。ジェイスはどっかいっちまうし……」

とは言っても、詰める人間までそうであるとは限らない。陽気な声が木霊する。

顔を見合わせるのは、髪を赤・青・黄に染めた青年たちだ。ネオマイハマ芸術解放特区《アート・コミューン》
において、その元締め――のようなものを行っている映像芸術家たち。被写体である。

「カントクもいねえし……マジでどうすんの？」

「オレに聞くなよ。知らねえよ……」

ネオマイハマの中心に位置する古城の中で、彼らは顔を見合わせる。

アリシアによって壊滅的な被害を受けたわけではない。脱法二次元電子ドラッグの再生産が行われなくなってしまっただけで、廃棄品処理などのビジネスは残っている。そういう意味で致命的に内部経済は崩壊せず、中の人間は今後も営みを続けていくだろう。

企業勢力によって取締を受けない限りはこの解放特区が失われることもないだろうし、企業も特に彼らに対して大きく注意を払っている訳ではない。海上に孤立したスラムなど、躍起になって清浄化作戦を取るほどのものでもないと考えられているのだろう。

とはいっても、音頭を取るジェイス・Ｄ・ガスの不在。

外とのパイプを持つが故に彼が元締めらしい立場を得ていたことを考えるなら、彼ら三人は今危機的立場にあると言ってもよかった。

「あの画家さんに頼んだらいいんじゃねーの？　あの人、結局ここに住んでんだろ？　ならさ、協力するっしょ」

「そう上手くいくかよ……」

「言うだけならタダだって。心配しないでも《案ずるより》産ませちまえ《産むがやすし》って言うじゃん」

そう、青髪の青年が軽々しく手のひらを晒した。

赤髪の青年はしばし口を噤んで、それから吐息を漏らした。

サイモン・ジェレミー・西郷は、あれから二次元マトリクス・コードの生産を取りやめた。その代わりにまた何かの絵を使って電脳制御を考えているらしい。それ以外にも、娘と二人新しい作品に取り掛かってもいた。

ここに住むなら、食い扶持がいる。食料品も手に入れなくてはならない。

つまりジェレミー・西郷も協力を頼まれれば断れない筈だ。何なら、その娘を人質に使ってもいい。人質どころか、別の使いみちもあるだろう。

箱入りのように、上流階級めいた立ち振る舞いを見せる少女。今まで彼が出会った中には居ないし、この街の女にもそんなのは居ない。そう思えば――……一度、味わってみたくなった。男としてのある種のコレクター欲でもあり、単純にそそられるという面もある。

なら、それもいいかと頷いて、

「――よぉ、中々洒落た趣向だね。呼び鈴《ブザー》が部屋の中にあるとは。そうだろ？」

何を、と問い返す暇もない。

赤髪の青年の顔の横を、突風が吹き抜けた。

「……おや、違ったかい？」

眼前には、突如として現れたフード姿の長身。

顔の真横に突き出されている彫刻の如きしなやかで雄々しい左腕。

同時、耳の後ろで凄まじく耳障りな音が上がる。人間が、人体が、頭蓋が、コンクリートと挟まれて拉《ひしゃ》げる音だ。

稲妻めいた直突が、隣に立っていた筈の青色髪の仲間の顔面を打ち抜いていた。

「……へ？」

「オーケー、オーケー。大丈夫さ。わかってる」

眼前に立つ漆黒ロングコートの侵入者。

そのまま、耳元で囁くような妖しい声の青年が――拳を引き戻しながら肩を竦めた。

「ブザーはお前さんかな。それとも、そっちか。十数えりゃいいかい？　それとも十発叩きゃいいかい？　他のやり方がお好みかね？　己《お》れはどれでもいいよ。好きにしなよ」

彼は、絶句した。

音もなく部屋に侵入されたからではない。

あまりにも気軽に振るわれた暴と気安げな声の緩急に恐れ慄《おのの》いたからではない。

それも恐ろしいが、違う。

風を伴うほどの体術のその動きに闖入《ちんにゅう》者の黒フードがにわかに捲れ上がっており、

「――――!?」

その頭上で、ぴこぴこと動く獣の耳。狼の耳。

狼耳が、野性的な笑みを浮かべる黒髪の美丈夫の頭の上に鎮座していた。

愛玩男娼上がりか――――それとも極まった獣人同一化嗜好《リュカントローポス》の持ち主か。

いや、彼が言葉を失してしまったのはそこではない。獣耳、それだけが理由ではない。

黒髪の兇手《きょうしゅ》の激しい動きに巻き起こった風にフードが捲れ上がるのと同じくして、その身体を覆う防護コートの前ボタンが弾け飛んでおり――――

「なん……なんで!?　なんでバ・ニ・ー・ス・ー・ツ!?」

筋骨隆々とした獣めいてしなやかな成人男性の肌に食い込むバニースーツ＝意味不明。

濃茶色の薄手のボディスーツの真上に纏っているのはどこからどう見ても光沢あるバニースーツであり――――いや、バニースーツというには些かカスタムが強い。チャイナドレスめいた長い前垂れがそのデリケートゾーンを隠し、更には分厚い胸板が収まりきらないためかスーツの上側は短く切り落とされて胸を丸出しにするセクシーコルセットめいている＝意味不明。

おまけに、一点。その肩当てから垂れた長い御札が――――何事かの文様が記された白い御札が暖簾《のれん》めいて垂れ、ボディスーツに浮かぶその乳首を覆い隠してる＝乳暖簾／意味不明。

狼耳とバニースーツ＝意味不明。

意味不明、意味不明、意味不明――……。

全身が意味不明で包まれている獣耳のバニー暗殺者成人男性。そんな強烈な情報の洪水に現実感を奪われ、目の当たりにした暴力にその身を震わせ、赤髪は思わず腰を抜かして失禁してしまっていた。

そして、睫毛が長く妖しく整った顔の青年が眉を上げる。

「ん？　この服は性的強者の象徴って知らねえのかい？　いけないねえ、勉強しなくちゃ」

「ひぃぃぃぃぃぃ……」

間違った知識だ。トラディショナル・アダルト・ビテオレコードにも長じている赤髪の青年は古典的に詳しかった。

今では淫紋はセックス強者を表すタトゥーとして刻まれており（ジェイスもそうしていた）（やめてほしい）（何度言っても聞かなかった）、太ももに正の字を記すことは女性に対する侮蔑的な表現と共に男性であればそれだけ射精が可能な精力絶倫とする表現だ――という奇妙なスラングにもなってしまっていた。でも違う。間違っているのだ。この乳暖簾バニースーツも誤りなのだ。

いや、バニースーツまでは百歩譲って理解できたとしても、そのカスタムの仕方は完全に意味不明の領域だ。

「ひぃぃぃ……」

とは言っても、指摘できるかは別だった。

ゆら……と動く流れるようでいて無駄がない黒髪人狼青年の挙動には、明らかなる強者の雰囲気が滲み出ていた。

素手のまま人体を損壊せしめる暴力装置。

サイバネ改造か生体改造か――いずれにせよ赤髪の彼にとって眼の前の青年が、紛れもなくそのバニー人狼青年が、捕食者であることには違いない。

そして太腿から腰骨までを露わにする際どいスリットの前垂れが揺れて、――ダンッと。ボディスーツに包まれた長い足が、壁と身体で挟み込むように尻餅をついた赤髪の青年の顔の真横に突き立てられた。

「さて。……ま、チャッチャと話して貰いたいね。ここは、色々と外の世界に出せないようなものも回ってくるんだろう？　なあ、違うかい？」

「で、電子ドラッグ、を……？」

それならば西郷父娘をすぐに差し出そうと思った彼の希望は、裏切られた。

「おい。武術家《おれ》がそんなもんをやるように見えるか？」

魔性的に美しい麗顔の少年がそのまま青年に育ったような――人を惑わす妖しげな微笑。

しかしそれが、瞬く間にゾッとするほど野性的な色を帯びる。

そう思う途端に、赤髪の青年の眼の前には天井の壁が迫っていた。

「――――」

何を、と言う暇もない。

ドラッグの効果を疑うまでもない。

全身にのしかかる強烈な重力の揺り戻しが来ると同時に認識する。これは――……本当にただ、天井間際まで連れてこられたのだ。

狼耳の青年が、壁を垂直に走って。一直線に。

足が、頼りなく揺れる。通常の建物なら三階や四階に相当するであろう高く抜ける古城の天井近くに、首を掴まれて吊るされている。二人まとめて。

「探し物だよ。ちょっとした鍵を探してる。……電脳怪盗クリュセイオンって名前ぐらいは聞いたことあるだろう？　なあ。色々と踏んじゃいけない尾を踏んで消えちまった奴のことだ。ニュースにもなってたろう？」

「え、あ……ええと……」

「ここを立ち上げた奴が、随分昔にそいつからネタを買ったって聞いてるんだよ。交渉のためのな。その取引記録があるだろう？　で、案内人はどっちに頼めばいい？」

「な、あ、なんで……」

「なんで――――なんでそのことを知ってるのか？　それとも、なんで己れが来たのか？

ああ……なんで一人しか案内人にさせてもらえないのか、かい？」

どんな体幹性能か――真横に伸びる棒じみて壁を足場に立ちながら、彼らを宙吊りにする人狼青年の赤い瞳が、妖しく揺らぐ。

「んーそうだね、小間使いクン。お前さん、高級バーガーショップを梯子《はしご》するかい？　ボディソープを二つも買うかい？　女の子を二人同時に――は、まあ、あるか。でも同じことできる奴が二人いても仕方ない。そうだろ、お兄サンがた？」

親しげに。

だからこそ、どこまでも残酷に。

この青年は、本気だ。息を吸うよりも簡単に人を殺す――そういう手合いだった。

「オッ、オレが案内する！　案内します！」

「うん？」

そして赤髪の彼を置き去りに、黄色く髪を染めた仲間が我先に叫んだ。

出遅れた。

終わりだ。

そう、呆然と思う中――

「おいおい、いけないな。友人を見捨てちゃ。そいつァ褒められないよ、お兄サン」

困ったように人狼青年は笑い――そして、容赦なく手を離した。二人同時に。

問い返す間もない。

一瞬の浮遊感に遅れて、視線の先の壁が上へと過ぎていく。耳元で風が鳴る。身も凍らせる落下の風だ。

そして――グイ、と首を起点に強烈な衝撃が赤髪の青年の全身に走った。同時、真横で盛大な音が鳴った。悍《おぞ》ましい人間の墜落音。

黄色髪の青年が、古城の床に拉げている。足が折れて。頭も割れて。痙攣して。人形みたいに手足をおかしな方に投げ出して、床に崩れていた。

赤髪の彼は――幸いにもその爪先が床に接触するその手前で、背後から首を掴み止められていた。いつの間に、どうやってか、回り込んだ人狼青年によって。

「よかったね、お兄サン。アンタは幸運だよ」

ニィと、顔を近付けて人懐っこい笑みを浮かべる黒髪の青年。

汚れを払うように尻を叩かれ、身なりを整えられた。

そのまま、気付けをさせるように両肩を叩かれる。

「与其有楽於身《その身に楽しみ有らんよりは》、孰若無憂於其身《その心に憂い無きにいづれぞ》だ。……な？　祝福あれ、さ。ドラッグよりも大切な、安心というものを買えたじゃないか。いやぁ、実に幸運だよ。なあ？」

実に親しげに肩を組んで顔を寄せて、黒い狼耳の青年が笑う。

「……え、」

それが、恐ろしい。

決断の速度が違う。判断の猶予が違う。感情の変転が違う。展開が何もかも急すぎる。

ぶつかる肩と手のひらの下には、逞《たくま》しい肉体が眠っている。否応なく知らせてくる。

容赦のない暴と、親しげな顔。

次の動きが予測できず、何が起きるか判らない。移り変わるその態度は爆弾にも似ている。機嫌を損ねたらどうなるか判らない、ではない。何が理由になるかも判らないのだ。

天災じみたどうしようもない理不尽の化身が、すぐ隣にいるのだ。

「ああ、己れは藍晧月《ランハオユエ》だ。名乗ってなかったね、悪い悪い」

手のひらを立てて人懐っこげに目を細めて謝罪を表す彼は、到底先ほどまでのような暴力を行うふうには見えず――……ああ、これは、何なのだろう。

「さあさ、時間もない。パッパといこう、な？」

そのまま、肩を抱かれて廊下に歩み出す。

何も判らないが――確かなのは、少なくともこの短時間で二人が死に、そして対応を何か間違えれば彼もすぐさまそうなりかねないということだけだった。

あとがき

この度は『ゴエティア・ショック』をお手に取っていただきありがとうございます。

という形式張った表現になってしまいますが、謝辞を。

元々の小説はインターネットにおいて公開させていただきました成人向けの作品ではありますが、その世界観とキャラクターを買われてこうして書籍化することとなりました。

はっきり言って「やったことはないが、自分も書いてみたら意外とえっちな小説を書けるのではないか？」というちょっとした思い付きから始めてみただけの処女作でして、こうして書籍化するにあたっては数多くの問題もあり――これを機に、全編書き下ろしかつ上下巻同時刊行という凄まじく無茶に思える執筆の方を行わせていただきました。

挿絵の方のお名前を聞いたときに「よっしゃあ！　筋肉質なイケメン描いてもらえる！」「よっしゃあ！　いっぱい野郎を出せる！」「マッチョにドスケベインナー着させられる！」と大声で叫びました。欲望がだだ漏れでした。『せっかくの大熊先生なのに女の子を出さねえとは何事だ！』と読者の皆様から怒られそうなので、欲望はほどほどにします。嘘です。欲望のままに男も女も出します。

さて。

作者について話させていただくとしたら、作者は幼少期からライトノベルや小説に長じて読書や創作を行い――ということは全くありません。そもそも読書というものに大の苦手意識がある……或いはそれを植え付けられた側の人間です。

そう、個々人の意見がオンライン上で可視化されるようになった現代において、千羽鶴と並んで蛇蝎《だかつ》の如く叩かれまくる例の存在――読書感想文によって、です。

あるかわいい小学生の読図健人くんは、街の図書館で何となく捲ってみた本に心躍らされました。

少年たちを主人公にしたいわゆるオカルト要素のあるもので、子供心にとても惹かれました。まだ、通学路の何処其処にある幽霊屋敷めいた人の出入りのないプレハブや、何となくどこに続いているか判らない路地に怖さを感じていた年頃で、繁華街の裏路地をショートカットするのに躊躇いを持たなくなった汚れた大人の読図健人さんとは別人です。

そのまま夏休みを利用して既刊の全てを読み終え、ああこれからどうなっていくのだろうなあ……とか、子供が「かめはめ波」をするぐらい当然に小説の中の言葉を真似したり調べたりと、とても楽しい読書体験であったことを覚えています。

それから、例によってあまり楽しくない課題図書の気乗りしない感想文を書く傍らで、その本の魅力を十分に人に広められるような、感想文とも紹介文ともつかないものを書き上げ、満足げに頷くと他の夏休みの宿題を大急ぎで終わらせ――絵日記をデタラメで取り繕って登校日を迎えました。

そして、自信満々に提出したある日の放課後、先生は言いました。

――もっとちゃんとした本を読んで感想を書いて、と。

幼少期の読図健人くんはそれに大いに傷付き、泣き腫らし……たりはしませんでした。インドア趣味でしたが、魂は蛮族でした。鉄砲とか格闘技とかも大好きで、子供らしく上級生や同級生と殴り合いの喧嘩も少しはありました。未来の世界から猫型ロボットは来てくれないけど、そんなどこにでもいる少年でした。蛮族の幼体でした。ナメられたら〇す、それに尽きると考えておりました。

そして読図健人くんは堂々と、「この本は正当に出版されて図書館にも置かれている児童向けの書だ。改めるつもりはない」「自由な感想文を阻害するならなんのための自由だ。なら自由と謳うべきではない。己が用意した建前さえも保てぬ言葉に何の意義がある？」「そこまで決められるというなら、そも俺が書く必要自体がないだろう。そちらで全員分を用意すればいい」――と言ったかはまるで定かではないですが、というか多分そんなこと言える情緒は育ってませんが、なんにせよ全力で拒否しました。

そして幼い彼は、「直さないなら放課後ずっと書き直させる」「直すまで残らせ続ける」「友達とも遊べなくなる」と先生に言われ、仕方なく泣き寝入りを…………しませんでした。外で遊ぶよりもゲームを好むインドアな少年でしたが、やはり魂は蛮族でした。

そして、家族も蛮族でした。

そのことで小学校に怒鳴り込んだり殴り込んだりしない程度の理性を持った蛮族でしたが、「よく言った。それでこそ武家の誉れじゃ」「負けは死ぞ。背を見せて逃げるは恥ぞ。斬り結べい」「そう言うたなら終いまでそう振る舞えい」と言ったかはやはり定かではありませんが——多分似たような言葉は言った——無事に読図健人くんの意見は家族会議で承認され、そこから日々残される放課後が続きました。

その後どうなったかは残念ながら定かではないのですが、多分負けたと思っていないあたりは意見を曲げずに最後までいたのでしょう。負けはしつこく記憶する蛮族でした。

大人となった今では先生も随分と面倒な生徒に引っかかったなあ……と同情する気持ちもありますが、反骨の心は消えておりませんでした。いわゆるパンクでした。サイバーパンクを書くことになったのもそういうのに関係しているかは定かではありませんが、とにかく先祖代々戦っている蛮族でした。そしてこの度、そんな蛮族の家系から小説でお金を稼ぐ変わり種が生まれました。

なので、登場するキャラはどいつもこいつも割と蛮族です。サイバーバンゾク小説です。

願わくば、一応は全年齢向けで売られているこの小説を読書感想文に書くような猛者が現れず、この世のどこかで友達とのボール蹴りもできずゲームもできず連日学校に残される生徒が生まれず、そして小学校というウサギ小屋に侵入した蛮族の幼体を前に書類仕事も何もできずに見張り続けなければならない不幸で文化的な先生が現れないことを。

そして全年齢対象にした以上、ＳＦ……すこしふしぎ……ならぬ少しファ◯クされるんじゃないかなドキドキするな、という創作体験を通じてヒロインやヒーローのピンチに性癖が歪む少年少女が現れることを。

更に望みがあるとしたら、もっと気軽にサイバーパンクでその手のゲームや小説が出る世の中になってくれたら嬉しいな……という感じです。

格好いいですからね、サイバーパンクガジェットと少女。フィーチャー感溢れるスケスケ衣装。えっちなピチピチボディスーツのイケメン。格好いいですからね。いいね？

お忙しい中で、「この設定でいいですか？」「作者の人何も考えてないと思うよ」「なんてこと言うの読図ちゃん……」とか「野郎にドスケベバニースーツをですね」「男に」「ドスケベバニースーツを」「ドスケベバニースーツを？」「ドスケベバニースーツを」「大熊先生にそれを頼めと……？」「ドスケベバニースーツを」とか「急がないんでプロットとかのご用意をしていただけたら」「判りました明日出します」「明日」「明日出します」「明日」とか、小説の話の傍ら惑星ルビ◯ン焼きや惑星ベジ◯タの国民的追放もの漫画やオンラインに星の数ほどあるＰＣ向け個人製作ゲームの話を交えて根気よく雑談やアイディア出しにご協力いただいた編集K様。

やたらと男性の筋肉量ばかり気にして、サイバーパンクなのに細かいこと何にも考えてない作者に「このロゴはこれでどうでしょう？」「こういう小物でよろしいでしょうか？」「他に設定はありますか？」とドンドンと問いかけて美麗な設定画や装備を絵にして表現して頂いた大熊猫介様。表紙の背景までの描き込み、本当に嬉しいです。

「全年齢で売り場に置けないよこれ!?」とは言わずに置いていただけた書店様、誤字脱字の訂正やあんまり何も考えずにワードやルビが二転三転する作者を根気よく正してくださった校閲者様、夏休みの宿題も斯《か》くやと言わんばかりに仕上げられる小説を形にしていただけた製本社様、めちゃくちゃサイバー・アイキに乗り気でレーベル初の上下巻分冊にゴーサインを出していただけた出版社様……。

在りし日の人生初の公表小説に挿絵をつけてくれた友人のTくん。

それと、投稿二日目にして支援絵をくださり、今回の刊行に際してイラストを寄稿してくださった朝凪様。

そして、「嘘だろ？　成人向けじゃないなら買ってもしょうがないじゃん……」とは言わずに手に取っていただいた皆様。

この場を借りて、改めてお礼を申し上げます。

また新たなるエピソードでお目にかかれる日をお待ちしております。

【参考文献・資料】


柳生宗矩（１９８５）『兵法家伝書：付 新陰流兵法目録事』（岩波文庫）渡辺一郎校注，岩波書店．

金沢憲一（２００５）「刃物の切れ味とトライボロジー」，『トライボロジスト』50（６），ｐ．４３５－４４０，日本トライボロジー学会．

金子寛彦（２００９）「固視微動」，『映像情報メディア学会誌』63（11），ｐ．１５３８－１５３９，映像情報メディア学会．

村上郁也（２０１４）「錯覚と眼球運動と視野安定」，『文化交流研究：東京大学文学部次世代人文学開発センター研究紀要』27，ｐ．49－55，東京大学文学部次世代人文学開発センター．

鈴木一隆・豊田晴義・花山良平・石井勝弘（２０１５）「インテリジェントビジョンセンサを用いた両眼同時固視微動計測装置の開発とマイクロサッカードの左右差の評価」，『生体医工学』53（５），ｐ．２４７－２５４，日本生体医工学会．

丸山大岳・斎藤雄太・山田光穂（２０１６）「注視中の固視微動の分散と注意度についての基礎的検討」（ＦＩＴ２０１６ 第15回情報科学技術フォーラム）．

松宮一道（２０１９）「自己身体がマイクロサッカードへ及ぼす影響」，『第24回日本バーチャルリアリティ学会大会論文集』，２Ｃ－０３，日本バーチャルリアリティ学会．

Appendix:　ある事件屋の一日――グッド・デイ／グッド・ライフ

――この場を借りて、改めてお礼を申し上げます。

――また新たなるエピソードでお目にかかれる日をお待ちしております。


という作者からのメッセージが、【あなた】の脳で再生された。

それは読み上げるように聞こえているだろうか、それとも完全な文字の羅列を視覚的に捉えたものだろうか。

補助電脳《ニューロギア》による再生アプリケーションの効果には個人差がある。特に画像付与や音声付与の形式を取らないタイプのファイルの再生にはその傾向があると、【あなた】は馴染みの情報屋との雑談で聞いた覚えがあったかもしれない。

この奇妙な体感を齎す装置が【あなた】の脳の同居人となったのは、果たして、いつだったか――。

公式的には身体の成長を鑑みて義務教育終了から成人までの間の搭載義務であった筈だが、まずそうなれば勉強で遅れを取ることは間違いない。直接脳に知識を取り込めるものと、そうでないもの。どちらが有利なのかは最早考えるまでもないだろう。

その手の非電脳者に向けたカリキュラムの用意もあったが、基本的には通う学校法人に依存している。建前の上での努力義務の条項が、関連の教育法には僅かなスペースだけで記されていた。


さて――――と、【あなた】は手元から正六面体のデバイスを、つまりは立方体の小型デバイスを取り出した。

通称が、賽子《ダイス》。

記憶領域の確保のために外部記憶装置や無意識記憶領域に追いやったデータを総合的・多角的に分析する汎用人工知能が内在しており、殊更重要ではない情報について回想の手間なく示してくれる【あなた】自身の分身だ。

近頃では分析の結果か、その手の情報だけでなく【あなた】自身を学んでいるような面があるのはどうにも奇妙であるが……この喋りもしないで転がるだけのデバイスは、だからこそ妙な愛着と共に可愛らしい気がしていた。

そして【あなた】は、いつもの日課のように賽子《ダイス》を転がした。


【一】そも、企業の義務教育を受けられる地域にはいなかった。旧国家の支配領域に生まれ、そんな手術とは無縁に育った。今こうして異物のようなものを脳に埋め込んでいるのは、紛争地域となった故郷が株式戦争の配当として土地を切り離され、その土地への不法侵入罪で有罪になったためだ。

【一～三】家族の方針で電脳化は成人後となった。そのため、遺伝子適性検査はさておき成長環境適性検査にて悪いスコアを叩き出した。つまりは、就職が限られるということだ。

【四～五】入学と同時に頭蓋には瞳のような穴を穿孔され、まっさらな赤子のような管理者とはその日からの付き合いだった。幸いにして身体の成長に伴って補助電脳《ニューロギア》を複数交換していくだけの裕福さが、家庭にはあった。

【六】電脳化は軍で強襲部隊に志願してからのことだ。両適性検査も企業支配下の義務教育も、あなたにとっては遠い話だ。


手のひらで転がった【あなた】の補助者は、それ以上は身動《みじろ》ぎもしない。ペットと呼ぶには無味乾燥すぎる動きだろう。

なんにせよ、【あなた】は今、事件屋《ランナー》としてこの都市にいる。

企業案件の外部委託人――と呼ぶ者もいれば、高度に専業化された業務請負人と称する者もいる。或いはただの用心棒とも。

上位者ともなれば、企業の一軍事部門と単騎で比するなどという伝説じみたゴシップで語られることがあるが、まあそれは冗談であろうとして……少なくとも有名であることには違いあるまい。

第三位《ダブルオースリー》の観測者の『亡者還し《エクソシスター》』キリエ・エレイソン・クロスロードなどはミスカトニック大学校法人の教育課程に属しながらも事件屋《ランナー》かつ電脳配信者を行い、それこそアイドルも斯《か》くやという人気を誇っているし——星歌《せいか》教会ミスヒムのシスターであるためにシスターアイドルと称している——第五位の【要塞砕き《ザ・フィスト》】は、その護衛人としての仕事の一部をアップロードし、丁寧な物腰と不釣り合いな巌《いわお》めいた筋骨隆々とした肉体美で電脳空間を賑わせている。

まあ、大半は顔出しNGとしているようだが……少なくともそういう稼ぎ方もできる、ということだ。

上位になれば何かしらの大企業の案件も増えるし、そうなればタイアップで商品の広告に使用されたり、発売前試作品のテスター契約もされる。企業都市の有する株地を与えられて、テロの心配も他からの襲撃もない移動要塞都市《フォートシティ》の一角に住まうこともできるのだ。

上がりと言えば、上がりに近い人生だろう。

企業家の影に怯えなくて対等または上位に位置付けられるのは、だいぶ恵まれていると言っていい。

昨夜配信されていたアイドルのアリーナ——剣闘興行試合を回想しながら頷く。闘技者は強さと美しさを求められるものだが、マスタークラスにならない限りは数年後にすっかりと見なくなってしまう欲望や思惑の消費物とされるよりは、どうせ戦わなければならないなら事件屋《ランナー》の方が幾分かマシな気がする。或いは、ある程度の台本《ブック》がある彼ら彼女らの試合の方が、命懸けの戦いよりはマシだろうか。……興行事故者の話も聞く危険な仕事だそうだが。

ふと、

『マスター。昨晩の睡眠スコアはあまり芳しくありませんね。業務日の変更はできませんか？』

男の声か、女の声か。

電脳仮想人格が【あなた】に語りかける。耳元で囁かれる心地であり、外見投影補完を行えば、彼または彼女はまさしくそこにいるだろう。

補助電脳《ニューロギア》による画像補整を通じて【あなた】の電脳の同居人は【あなた】の目に映る。数億枚――と謳われたその外見構成要素のデータは、前から見ても後ろから見てもその女中《メイド》や執事《バトラー》がそこに立っているとしか思えない作りになっている。

簡易ながらも手触りも、落ち着いた香水らしい匂いもする。凝ったものではないが、視覚的情報はその補助も合わされば途端にそれは実在するような重みを持ってそこに現れる。

高度に再現された情報は現実と区別がない。

そう、この従者を見るたびに【あなた】は思い知らされる。その銀髪の女中《メイド》、または黒髪の執事《バトラー》は街中の電脳広告で謳われていたその通りの美しい姿で、如何にものように露出の少ない衣装で佇んでいた。

より上のグレードのプランなら、これらの手触りや匂いももっと細分化・緻密化されるようであるし、こちらが感じ取った五感の情報から周囲の環境を読み取り――つまりは風が吹いているとか雨が降っているとか、そんな状態も反映されるらしい。

中には企業からライセンスを買い切り、自分専用のデータサーバーを誂えた上で、より詳細な触覚データや嗅覚データを用いて実在化に励む人間もいるようだ。

そのことに賃金の大半を注ぎ込んでいる事件屋仲間《ランナー》を思い出し、苦笑する。本当のところは笑えない。この使用人が居てくれれば、人間のパートナーは不要であると思えてしまうときがあるのだ。

『それは感心しませんね、我が主。何故、かつての世にて独占禁止法というのが存在していたかはご存じでしょうか？』

その従者は、丁寧な口調での落ち着いた物腰の割には語りたがりだ。

突如として齎されたこの場にそぐわぬ単語に【あなた】が疑問を持つ中、それを視線で読み取ったかの如くゆっくりと頷いた従者が、先を続ける。

「そうですね……ここで例えば、ある総合食料品店が新たにクレープの販売を行ったとしましょう。生活必需品やちょっとした買い物を済ませるのに向いており、数多く存在している総合食料品店が、です。さて……なお、他にクレープの専門店も存在しており、勿論、商品の豊富さと味ではそちらの方に一日《いちじつ》の長があります」

　前提を告げるような従者の言葉に【あなた】は頷いた。

「利便性からくる店舗数の多さと立ち入り機会の多さから、やがて総合店のクレープは手に取られる機会は増えました」

　そうだろうな、と【あなた】は考えるだろうか。

　他の買い物もできて便利で手軽に手に入る方が購入しやすいものであろうし、それでも専門店の方が経年の製造ノウハウがあるため種別も多いから負けるほどでもない――と。

　だが、と言いたげに従者は首を振った。

『総合食料品店の勝利は、残念ながら歴史的な事実でした。多くの人々は、僅かな娯楽のためには専門店へと足を運ばぬということです。私がいれば煩わしい人とのコミュニケーションの必要がないと考えるように――……と、仮想人格ジョークです。ふふ、お気に召しませんか？』

　高度な汎用人工知能《AGI》には、冗談を言う機能もある。

『そうして、総合店がそれまでのクレープ専門店のシェアを奪う形となりました。売上を攫われる形となった専門店の大半が店舗を縮小していき撤退も増え、殆どの地域でクレープを食べるには専門店ではなく総合店での必要が出てきます。一社による独占状態、と言っていいでしょう。勿論、正常な市場原理による淘汰ではありますが』

確かにそこに違法性は見られない。

株式戦争の占有率による変動性の非破壊指定権利——【免争符《ラックス》】の購入資金操作を通じて経営を傾かせた訳でもなければ、たちの悪い事件屋《ランナー》を使って脅迫した訳でもない。消費者の需要をより拾ったというだけだ。

需要と供給とサービス——補助電脳《ニューロギア》の中の教育データが、【あなた】に簡単な経済学の基礎も知らせてくる。

『ところが、そうなってから、総合店はクレープ部門を縮小しました。彼らの取り扱う部門の中では、実のところ売上が芳しくなかったためです。対抗するために一時的にラインナップを増やしていた、というのも当然縮小です。……勿論これも企業としては至極真っ当な動きですが、そうなってしまうと、どうなるかわかるでしょうか？』

電脳従者は、几帳面な仕草で頷いた。

『そう。結果的に多くの人々は、それまで食べられていた豊富な種類のクレープを口にすることができなくなったのです。これが、かつて独占禁止法というものが定められていた経緯です。何かの商品を一社に依存してしまった場合、その社内の事情の変化や思惑の変化によって多くの人々は従わざるを得なくなってしまうのです。……マスターがご覧になっている配信サービスの中で、俳優の不祥事で放送が禁じられた番組はございませんか？』

　確かに、存在していた。

　ある企業に対する重大な不適切発言が原因で、一時的に取り扱われなくなった番組が。

　それが疑惑のうちだというのに停止する配給会社もあった覚えがある。

『という訳で、私という一人に依存することには重大なリスクが存在しております。もしサービスの停止や変更があった場合、マスターは突如としてこの社会に孤独に放り出されることになってしまいます。……それは、あなたの健全で幸福な生活の障害になるでしょう。ですので従者としては、私に依存しない生き方を求めたいのです。勿論、私に限らずどんな方についても、その人だけに依存するのはマスターの人生にはあまり好ましいといえぬ問題を伴うでしょう』

　高度な汎用人工知能《AGI》には、主人を第一に気遣う機能がある。

『ご清聴《せいちょう》ありがとうございます、マスター。……ふふ、勿論、マスターが個人的に私を所有していればこのリスクの限りではありませんが。ご検討していただいてもよろしいのですよ？』

　そう、瀟洒《しょうしゃ》な電脳従者はどこか悪戯っぽい流し目で笑った。

　高度な汎用人工知能《AGI》には、営業トークをする機能もある。

これにやられた人間もいるのだろうな、と頷く。一見したら今の企業社会の批判にも聞こえるような言葉を口にするほど自由で多彩で僅かに危機にありそうな従者を、良い主人とやらは放ってはおけないだろう。

『ちなみに……パートナーをお望みでしたら、我が社での婚姻活動サービスへのリンクもあるようです。マッチングの登録数も多く、遺伝子適性検査を運営が独自に実施している安心性があり、更にヒアリングにより十分にマスターの好みのパートナーのお顔を作ることもできます。成功率は高いと聞きますよ』

そう、カネトモ・アソシエーション製の従者は自社サービスの宣伝を欠かさない。

ある種の公平化、だろうか。

男女の交際において、性格や収入や遺伝的素養が語られるのはまず間違いはないが……それ以前の足きりやそれ以後の付加価値として一番の問題となる外見的な部分について、脳内での理想画像への補整を行うサービスがある。

どんな相手も、公平に外見を補える。

そうして性格だけを見ることができる――――画期的かつ公正な恋愛と、そう宣伝されているのを聞いていた。

現実が気に食わないなら、現実を見る脳の方を変えてしまえばいいという訳だ。

結果的にそれが遺伝子の多様性を担保するのだ、と企業家が公聴会で口にしているのを何かで目にした覚えがある。つまりは、外見的なマッチングだけが原因で子孫を残せない可能性がある人間にも、公平に機会を創出しているのだと。それは人類社会にとっても意義のあることなのだと。

彼らは果たして、公正に、人類社会の新たなる支配者として誠実かつ正当にその役割と義務を果たそうとしているのだろうか。そう評価しても良いのだろうか。

『それを避けられないなら、抱擁してしまわなければならない――――ですよ、マスター。補助電脳《ニューロギア》という技術がインフラとして生まれたなら、それを前提とした社会が形成されるのも必然です。……ええ、風車小屋の時代とガス灯の時代と発電所の時代は生活基盤の全ての様式が異なるでしょう？』

古典的なシェイクスピア劇の一節を引用して、従者は僅かに口角を上げた。

その手の知識価値も、電脳化によるデータプリセットによって最低限は保証されている。ハイコンテクストな知識を用いた会話というのは、今ではそれなりに限定されていた。中世や古代の古典は、誰もがデフォルトで暗唱できる。古典的映画や漫画の方が難しいかもしれない。

機会の平等。

公正な生活。

最大公約数への幸福。

それがこの企業支配社会におけるモットーだというのは、言うまでもないだろう。

或いはときに、それに息苦しさを感じる人間もいるかもしれない。全てが薄氷の虚像めいて成り立っている幸福には、価値はないのだと。

それでも……今現実のようにそこに佇む従者を見てしまうと、そんな言葉さえ否定したくなる。

『おや、随分と長らく語ってしまいましたね。……それで、お仕事はお休みできませんか？』

そう尋ねる従者へと、【あなた】は首を振った。

体調不良なので休める、というほど社会は甘くない。

こんな社会で蔓延《はびこ》るドロイドに人間が勝っているのは、メンテが不要というところだ。

正しく言うなら、雇用主が時間をとってメンテナンスをする必要がないというコストの割によく働く廉価な道具としての価値しかない。

補助電脳《ニューロギア》のブーストアプリケーションを起動して、疲労感を誤魔化す。軍事用なら自由に使えるが、民生品では都度購入が必要だ。中枢神経系への動作アプリは、規制も多い。

『武装認証起動キー《リアクトル》をお忘れなく、マスター。残弾の補充は十分でしょうか？　追加の購入は？』

従者の言葉に従い、手のひら大のＵＳＢメモリじみたツールを胸のホルスターにセットしていく。

腰に装着されたベルト状の武装制限拘束具《チャスティティ》にこのデバイスを挿入することで脊椎への罰則データ流を抑制し、ホワイトエリアにあっても限定的に内蔵機械義肢《サイバネ》や強化外骨格《エキソスケルトン》などの武力の発揮が可能となる。電脳上の制限許可だけではクラッキングの危険があるために、このような指紋認証と加速度計を用いた角度・位置測定機能を内蔵した物理的な認証キーの形をとっていた。

それぞれ、赤・黄・緑・白……と武装の限定解除段階に応じたUSBキーを胸のポケットホルスターにしまっていく。赤だけではよほどの状態でないと武装使用ができないことを意味するし、緑だけでは凶悪な違法改造者の装備に対抗できなくなる。

話に聞く電脳潜行者《ジョッキー》やまことしやかな噂でしか聞かない電脳魔導師《ニューロマンシー》とやらは、この辺りの操作も自由にできるのだろうかと考えつつ、【あなた】は一日の必須栄養素を全て含んだドロドロの万能栄養ドリンク――フレーバーは好きに選択できる――を片手に扉に向かい、補助電脳《ニューロギア》を通じてドアロックを解除した。

今回の案件は、そう難しくはならないだろう。

何事もなければ……ちょっとした賞金首《ターキー》を捕まえて、それで終わりだ。用心棒《サムライ》だの始末人《モンド》だの護衛人《ハガネ》だのと呼び分けられないような事件屋《ランナー》には、そんな仕事があっている。

『では、コンバットモードを起動します。ご必要な際は、改めてお呼びかけを』

付き従うように進んでいた【あなた】の従者がそう頷く。

専用の、戦闘管制プランに加入している。

これで、かつては気配と呼んだ――文字や言葉にできないまでの微細な音や違和感を、【あなた】の五感を通じて瀟洒な従者が拾い上げて呼びかけてくれる。

そして、ふと、【あなた】はドアノブに手をかけながら足を止めた。

このまま現場到着までは声を出さない雑談を続けても良いのだが、果たして、コンバットモードの使用はどうすべきか。

すると振り返ったその背後で、几帳面に首元までを衣装で覆った従者は、実に優雅なまでに――慇懃《いんぎん》に。

その細い腰を折って一礼した。

『――クリス、と。いつものようにそうお呼びかけくださいい、マスター』

そうだ。

クリス・レイライン。

これがこの社会における、【あなた】の唯一無二の――そして【あなた】以外の多くも用いている仮想の従者だ。

そのことに独占欲を抱いてしまうなら、【あなた】は、従者のために様々な資源を費やさねばならないだろう。

或いはそれは、人々を勤労に向かわせるための罠かもしれない。

そう、ふと思いつつも――【あなた】は歩を進める。

……有能で話し相手にもなる仕事のパートナーたる従者のために資金を投入するのは、ある意味では合理的なのではないだろうか。

知ってか知らずか……その電脳の同居人は宙を漂いながら、礼節ある穏やかな笑みで街並みを進む【あなた】のことを見下ろしていた。

『今日も良い一日《グッド・デイ》を、マスター』

今日も良い一日《グッド・デイ》を――そして良い人生《グッド・ライフ》を。

教訓めいて【あなた】も呟きながら、仕事に向かう。

衛星の異常によって加速した大気の対流が、雲を馬車馬のように走らせるのを眺めながら。

『パートナーにするにあたって、最も好まれた外見補整パターン、ですか？　……基本的にそこは個々人での差があるものですが。確かに統計的にある程度は似通っていくデータも、あることはありますね』

従者はそれから、僅かに沈黙した。

そして、何ともバツが悪そうに【あなた】を眺め――

『その……購入の勧めによって入会された方の多くが選ぶのは……私の顔だった、と。……面映《おもはゆ》いやら恥ずかしいやら、何とも言えませんね』

そう、視線を逸らす。

その内の一人にならないように、せいぜい気を付けなくてはいけないだろうか。

――了

ファンレター、作品のご感想をお待ちしています！

【宛先】
〒104-0041
東京都中央区新富 1-3-7　ヨドコウビル
株式会社マイクロマガジン社
GCN文庫編集部

読図健人先生 係
大熊猫介先生 係

【アンケートのお願い】

右の二次元バーコードまたは
URL（https://micromagazine.co.jp/me/）を
ご利用の上、本書に関するアンケートにご協力ください。
■スマートフォンにも対応しています（一部対応していない機種もあります）。
■サイトへのアクセス、登録・メール送信の際の通信費はご負担ください。

GCN文庫

ゴエティア・ショック
電脳探偵《でんのうたんてい》アリシアと墨絵《すみえ》の悪夢《あくむ》 下《げ》

2024年6月28日　初版発行

著者　読図健人《どくずけんと》
イラスト　大熊猫介《おおくまねこすけ》
発行人　子安喜美子
装丁　AFTERGLOW
DTP／校閲　株式会社鷗来堂
印刷所　株式会社広済堂ネクスト
発行　株式会社マイクロマガジン社
〒104-0041　東京都中央区新富1-3-7　ヨドコウビル
［販売部］TEL 03-3206-1641／FAX 03-3551-1208
［編集部］TEL 03-3551-9563／FAX 03-3551-9565
https://micromagazine.co.jp/
ISBN978-4-86716-588-1 C0193